家康がゆく

歴史小説傑作選

宮本昌孝／武川 佑／新田次郎
松本清張／伊東 潤／木下昌輝
細谷正充 編

PHP
文芸文庫

○本表紙デザイン＋ロゴ＝川上成夫

家康がゆく　歴史小説傑作選　目次

薬《や》研《げん》次《じ》郎《ろ》三郎《さぶろう》

宮本昌孝

一

「よう憶《おぼ》えている」

風やわらかに、光のどかな春景《しゅんけい》の中、近づく城を、馬上《ばじょう》より眺めやりながら、松平次郎三郎《まつだいらじろさぶろう》は、得心《とくしん》したように言った。

「岡崎《おかざき》をお離れになったとき、殿《との》は幼子《おさなご》にあられたというに、よう憶えておいでとは……」

乗馬《じょうめ》を並べて進む鳥居伊賀守忠吉《とりいいがのかみただよし》が、声を湿らせ、皺顔《しわがお》を歪《ゆが》める。

前後を守る従者たちも、泣きそうである。

岡崎城を本拠とする松平氏は、一時は三河《みかわ》一国を制圧した清康《きよやす》が、家臣に誤《あやま》って殺されると、瞬《また》く間《ま》に力を失った。以後、東からは駿河《するが》・遠江《とおとうみ》二カ国を支配圏とする今川義元《いまがわよしもと》、西からは尾張《おわり》の実力者・織田信秀《おだのぶひで》、それぞれの侵略をうけ、いずれかに属すほか、生き残る道はなくなってしまう。清康の後嗣《こうし》の広忠《ひろただ》は、今川を選び、当時六歳であった嫡男竹千代《ちゃくなんたけちよ》を人質として駿府《すんぷ》へ送った。

駿府行きの途次《とじ》、織田方に身柄を奪われた竹千代は、しばらく尾張で過ごしたものの、八歳の冬、今川方に捕らえられた織田信広《のぶひろ》との人質交換によって、岡崎へ帰還する。しかし、わずか数日の滞在しか許されず、そのまま再び駿府へ赴《おもむ》かねばならなかった。

以後、竹千代にとって、故郷岡崎は遥《はる》けき地となった。

十四歳を迎えた昨年の三月、義元の加冠《かかん》によって元服《げんぷく》し、名を松平次郎三郎元信《もとのぶ》と改めた。「元」は、義元の偏諱《へんき》を賜《たまわ》ったものである。

その年の十月には、隠栖《いんせい》中であった太原雪斎《たいげんせっさい》が入寂《にゅうじゃく》した。禅僧の雪斎は、黒衣の勇将でもあり、織田信広を捕らえて人質交換を実現し、その後は次郎三郎の師として、兵学を含む学問を授け、訓育してくれた恩人である。また、雪斎の働きによって庶兄《しょけい》との家督《かとく》相続争いに勝つことができた義元にとっても、政事《せいじ》・軍事の指導者というだけに留《とど》まらず、師父とよぶべき存在であった。

雪斎は、義元に遺言《ゆいごん》していた。次郎三郎は元服したのだから、いちどは岡崎に帰してやるべきだ、と。

織田方との合戦では、岡崎衆は今川氏から常に先鋒《せんぽう》を命ぜられ、これまで多くの犠牲《ぎせい》を払っている。その忍従《にんじゅう》は、広忠も刺客《しかく》に討たれて以後、駿府に人質の幼君《ようくん》が何より大事なればこそであった。次郎三郎の立派に成長した姿を、一度でも直《じか》に拝することができれば、岡崎衆の気持ちも少しは和《やわ》らぐであろう。

師父の遺言に、義元が渋々《しぶしぶ》ながら応《こた》えた。

かくして次郎三郎は、年が改まって十五歳の春、こうして岡崎への一時帰国を許可されたのである。

遠江・三河の国境《くにざかい》で次郎三郎を出迎えたのが、伊賀守であった。

「わたしが岡崎のことを忘れぬのは、爺《じい》のおかげだ」

松平氏譜代《ふだい》老臣の伊賀守を、次郎三郎は親しみをこめて爺とよぶ。

「うれしいことを仰《おお》せられる」

次郎三郎が人質となった当初から衣類や食料を絶やすことなく送りつづけ、度々《たびたび》みずから駿府へ出向いて、主君に岡崎のようすをつぶさに語って聞かせる忠臣であった。

「爺。あれは……」

大手門へつづく沿道に居並ぶ人々が、次郎三郎の目に入ってきた。

「いつでも殿の手足となる者らにござる」

松平家臣団である。

近づくにつれ、次郎三郎は声を失ってゆく。

（なんという……）

貧窮《ひんきゅう》は一目瞭然《いちもくりょうぜん》であった。

今川義元は、三河の松平領の年貢をすべて押領《おうりょう》し、次郎三郎には雀《すずめ》の涙ほどの扶持《ふち》をあてがっている。従って、今川からも人質の主君からも何も貰《もら》えない松平家臣団は、みずから田畑を耕したり小商《こあきな》いをしたりで、ぎりぎりの自給自足生活を余儀《よぎ》なくされて久しい。そういう中で、年に幾度《いくたび》も行われる対織田の合戦では、主君不在のまま、死傷率の最も高い先鋒を常に命ぜられて、そのたびに働き手の男たちが命を落とし、かれらの困苦のほどは言語に絶した。

その現実を、伊賀守より聞かせられたことのない次郎三郎ではある。しかし、人質生活が長いと、おのれを守るために、他者を注意深く観察することが癖《くせ》となっている。おかげで、駿府の義元や今川家臣の言動から、岡崎の家臣たちのようすを、おおよそ察していた。

それゆえ、元服のさい、次郎三郎は義元へ意を決して願い出た。せめて松平氏の本領の山中《やまなか》二千石《ごく》をお返しいただけませぬか、と。

「お屋形《やかた》の御諱《おんいみな》を賜るだけでは不足と申すか」

「三河の田舎《いなか》者の小倅《こせがれ》が生意気な」

なかった。

「分《ぶん》を弁《わきま》えよ」

義元自身は返辞を濁《にご》したが、今川の重臣たちから罵声《ばせい》を浴びせられ、願いは叶《かな》わなかった。

それでも、岡崎衆の苦難のさまは想像の域を出なかったので、次郎三郎も義元にふたたび願い出ることを諦《あきら》めた。そこまで酷《ひど》い状況ではないのかもしれない、と思い直したのである。

だが、いまわが目に映る岡崎衆は皆、痩《や》せこけた体に素襖《すおう》とも小袖《こそで》とも分からぬ襤褸《ぼろ》をまとい、足許《あしもと》も、破れた脛巾《はばき》や足袋《たび》や草鞋《わらじ》を着けている者もいるが、大半が裸足《はだし》であった。

喉《のど》が針のごとく細かったり、腹だけ膨《ふく》らんだ者も目につく。いずれも飢《う》えた者特有の姿ではないか。さながら、地獄の餓鬼道《がきどう》の亡者《もうじゃ》たちであった。

（これほどまでとは……）

永《なが》く人質の身である自分こそが誰よりも苦労している、と思わなかったと言えば、嘘《うそ》になる。しかし、次郎三郎自身は、駿府にいても、必要なものを国許《くにもと》より送って貰えるため、贅沢《ぜいたく》はできずとも、暮らしに不自由はない。好きな鷹《たか》狩りも愉《たの》しんでいる。それは、岡崎衆ひとりひとりの命を削る犠牲あってこそだったのだといま初めて知り、実感した。

「爺。わたしは……わたしは愚《おろ》か者だ」

胸を塞《ふさ》がれた次郎三郎は、声を震《ふる》わせてしまう。

「殿。泣いてはなりませぬぞ」

ぴしゃり、と伊賀守が叱りつける。

「皆が望んでいるのは、何事にも動ぜぬ堂々たる主君にござる」

「無理じゃ、爺」

「皆の装《なり》や体《からだ》ではなく、顔をよく御覧なされよ」

目から溢《あふ》れ出た最初の涙を拳《こぶし》で拭《ぬぐ》い、次郎三郎は沿道のひとりひとりの顔を注視する。

馬上の主君を仰《あお》ぎ見る眼が、きらきら輝いていることに気づいた。目許、口許を綻《ほころ》ばせた表情から、声には出さねど歓喜《かんき》が伝わってくる。

源《みなもとのよりとも》頼朝に憧《あこが》れ、鎌倉幕府編纂《へんさん》の歴史書『吾妻鏡《あずまかがみ》』を愛読する次郎三郎にとって、御恩《ごおん》と奉公という強固な絆《きずな》を抜きにしては主従関係は成り立たない。ところが、主君たる自分は家臣に知行《ちぎょう》も名誉も何も与えていないのに、かれらはみずからの命も体も次郎三郎のために躊躇《ためら》わずに投げ出してくれる。御恩を求めない無償の奉公であった。

頼りにならない主君を家臣が見限るのは当たり前の時代にあって、信じがたいほど稀有《けう》な事例と言うほかない。そのことは、まだ十五歳の若さであっても、弱肉強食の戦国期において、人質という心許《こころもと》ない立場で生きる次郎三郎にはよく分かる。

「皆の者おっ」

感極《きわ》まった次郎三郎は、思わず、大音《だいおん》を発するや、

「感謝いたす……感謝いたす……感謝いたすぞ」

それなり、おいおいと泣きだした。

笑顔であった岡崎衆も、怺《こら》えきれずに号泣《ごうきゅう》しはじめる。若き主君を泣いてはならぬと叱りつけた伊賀守まで、自身の滂沱《ぼうだ》たる涙を溢れるにまかせた。

のちの徳川《とくがわ》時代が二百六十年以上もほぼ平穏に保たれたのは、松平家臣団を祖とする徳川家臣団が挙げて幕府要職に就《つ》き、主家の存続のみを迷うことなく絶対的価値としたからである。世界史の中でも珍奇《ちんき》な人々と言わねばなるまい。

だが、かれらは、このときも以後も、自分たちを珍奇などと思ってはいない。主君のために身命《しんめい》を尽くすのは、当然のことで、無上の悦《よろこ》びでもあった。

やがて、大手門へ達すると、次郎三郎は、同族の重臣・松平次郎右衛門重吉《じろうえもんしげよし》の出

迎えをうけた。

　岡崎城の城代《じょうだい》は義元の命令を奉じた今川家臣でも、松平家臣団を統率する惣奉《そうぶ》行《ぎょう》には、伊賀守とこの重吉が任じられている。

　いったん泣き止《や》んだ次郎三郎だが、重吉の身形《みなり》もあまりにみすぼらしいので、また胸を詰《つ》まらせた。

「ほれ、皆、見てみよ。殿にはお変わりなくいまも泣き虫竹千代君《ぎみ》にあられるぞ。重畳《ちょうじょう》、重畳」

　重吉が笑い、余《よ》の家臣たちもどっと哄笑《こうしょう》した。幼少の頃は何かにつけてよく泣く次郎三郎だったのである。

「次郎右衛」

　涙を怺《こら》えて、次郎三郎は切り返した。

「そのほうも、変わりなく、くそ爺だな」

　家臣たちの明るい笑いが、層倍《そうばい》のものとなった。

「次郎右衛どの。殿のお勝ちじゃ」

「さよう、さよう」

「逞《たくま》しゅうなられた」

若い家臣たちは大喜びである。

「畏《おそ》れ入り奉《たてまつ》る」

重吉も素直に、次郎三郎へ頭を下げた。

その重吉の背後がざわついた。

うってかわって、上等な身形の武士が五人やってきたのである。

「今川の城代にござる」

伊賀守が、素早く小声で次郎三郎に告げてから、下馬《げば》した。

次郎三郎も鞍《くら》から腰を浮かせると、両手を少し前へ出した重吉から、そのまま、と目配《めくば》せされた。本来の岡崎城主なのだから、城代などに下馬の礼をとる必要はない。

しかし、次郎三郎は、みずからの判断で馬を下り、進み出て、対手《あいて》を迎えた。

「城代の山田新右衛門《やまだしんえもん》と申す。ご城主には恙《つつが》ないご帰国、祝着《しゅうちゃく》に存ずる」

思いの外《ほか》、丁重な辞儀《じぎ》をする新右衛門であった。

「わざわざのお出迎え、恐悦《きょうえつ》に存じます」

次郎三郎は、対手以上に、腰を深く折る。

「それがしがご本丸《ほんまる》へ案内《あない》いたそう」

と新右衛門は、次郎三郎の前を空け、城内のほうへ腕を差し伸べた。

「まことにかたじけないご配慮ながら、わたしは、いまだ武者始《むしゃはじ》めもしておらぬ若輩者《じゃくはいもの》。さような者が、いくさでは本陣となる本丸に、たとえ数日の間であっても、入ってよいものではありませぬ。ましてや、治部大輔《じぶのたいふ》さまの厚きご信頼により、岡崎城を託された山田どのを差し置いてなど、不遜《ふそん》のきわみ。わがままを申しますが、二の丸にて旅装を解《と》くことをお許しいただきとう存じます」

治部大輔とは義元をさす。

「相《あい》分かり申した」

大きくうなずく新右衛門であった。

「ご帰国の間は、気随気儘《きずいきまま》に過ごされよ。また、ご不足のものあらば、わが家来どもに何なりとお言いつけ下され」

「わたしはこうして、故郷の山野と、永く会えなんだ家臣たちの顔を眺められるだけで充分にございます」

「されば、今宵《こよい》は、二の丸へ酒《ささ》など届け申そう」

「重ね重ねのご厚情、感謝申し上げます」

上機嫌の新右衛門は、家臣を従えて、本丸へ戻っていった。

遠ざかるその背をしばし睨《にら》みつけていた重吉が、振り返って、次郎三郎をも睨んだ。

「殿。本丸へ入らぬは武者始めもいまだしの若輩者ゆえという理由は、百歩譲って、それがしも受け容《い》れ申そう。なれど、あのような今川の犬に、あそこまで遜《へりくだ》るのは情《なさ》けない限りにござるぞ」

「次郎右衛。おぬし、いまのわたしの年齢《とし》には敵の首級《しるし》を挙げたほどの剛《ごう》の者であろう。なのに、兵法を知らぬのか」

「あれを兵法と仰せられるか」

「兵は詭道《きどう》なり。これは始計《しけい》ぞ」

戦術の要諦《ようてい》は敵を欺《あざむ》くこと、という孫子《そんし》の兵法の計の基本、つまりは初歩である。

『孫子』『呉子《ごし》』『尉繚子《うつりようし》』『六韜《りくとう》』『三略《さんりやく》』『司馬法《しばほう》』『李衛公問対《りえいこうもんたい》』の武経七書《ぶけいしちしよ》をすべて、次郎三郎は雪斎より学んだ。

「あの山田という御仁《ごじん》とて、一見、礼を尽くしてわたしを本丸へ誘うたように見えるが、あれも詭道。わたしを試《ため》したのだ」

「これで、殿のご逗留《とうりゆう》中、今川の目も緩《ゆる》くなり申そう」

と微笑《ほほえ》んだのは、伊賀守であった。

後日、新右衛門から駿府へ、このときの次郎三郎の言動が伝えられると、義元は大いに感じ入ったという。

「さてさて分別《ふんべつ》厚き少年かな」

次郎三郎は義元をも欺いたということにほかならない。

「皆の苦労に比べれば、わたしが今川の城代に遜るぐらい、何ほどのことがある」

痩せさらばえた岡崎衆を見渡し、次郎三郎は最後に、心からの感謝を込めた一言を付け加えた。

「ゆるせよ」

あちこちで嗚咽《おえつ》が洩《も》れ始める。

翌日、次郎三郎は、先祖と広忠の墓に詣《もう》でたあと、渡城《わたり》を訪れた。伊賀守の居城である。

新右衛門から随行の目付役がつけられることはなかった。次郎三郎の殊勝《しゅしょう》な態度が効《き》いたと言ってよい。

矢作川《やはぎがわ》右岸に沿う額田《ぬかた》郡渡は、伊賀守にとって、嫡男の戦死したところで、これを憐《あわ》れんだ広忠より賜った土地である。そこに洪水を防ぐ高堤をめぐらせた城を築いた。

「まいられよ」

伊賀守は、次郎三郎の手をとって、城内の蔵《くら》へ導き、開いて、中を見せた。

「これは……」

声を失う次郎三郎であった。

糧米《りょうまい》、武器、金銭などで埋めつくされているではないか。

「それがしは、年老いて、いくさでは殿のお役に立て申さぬゆえ、せめてこれくらいのことは……」

義元より松平領の賦税《ふぜい》に関する奉行にも任じられた伊賀守が、新右衛門ら今川家臣の監視の目を盗み、書面なども操作して、少しずつ貯《たくわ》えつづけてきたものであった。

「いずれ殿のご出陣のさい、兵糧《ひょうろう》に事欠《ことか》くことはござらぬ。また、良士《りょうし》を召し抱えることもおできになると存ずる」

「余の者は存じておるのか」

「今川に露見《ろけん》してはならぬゆえ、次郎右衛にしか明かしており申さぬ」

次郎三郎は、感動し、同時に戸惑《とまど》った。

「殿はいま、ここにあるものを家臣たちに分け与えたいと思われたのではござらぬか」

「……」

言い当てられて、次郎三郎は返辞ができない。

「さよういたせば、皆々、助かり申そう。なれど、それは一時の救済にすぎぬこと。殿の大事のさいに米穀資財《べいこくしざい》の備えがなければ、松平の御家《おいえ》も、家臣とその家族もすべて滅ぶは必定《ひつじょう》。殿がなすべきは、家臣たちに、一時の仕合《しあ》わせではなく、孫子《まご》の代までの仕合わせをもたらすことにござる」

「わたしにさような大層なことはできぬ。その前に、人質の身にできることなど、何ひとつあるまい」

「死なぬこと」

と伊賀守は、間髪《かんはつ》を容れず、言った。

「道甫《どうほ》さまも道幹《どうかん》さまも、若くして亡《な》くなられた」

ともに次郎三郎の祖父清康と父広忠の法名である。享年《きょうねん》二十五と二十四であった。

当主を若くして失った家は、後継者が幼くて無力である。その悲劇が二代つづいた松平氏の急激な衰退は、当然といえよう。

いままた、まだ妻《めと》を娶らず、子をなしてもいない次郎三郎が死ねば、松平氏は間違いなく潰《つい》える。

「何があろうと、殿が生きていてくれさえすれば、われらはいかなる艱難辛苦《かんなんしんく》も耐え忍ぶことができ申す」

「わたしが生きたいと思うたところで、人質はいつ殺されてもおかしくない」

「われらが今川に決して叛《そむ》かず、織田とのいくさでよく働くうちは、殿が駿府で亡き者にされるなど、かまえてありえぬこと」

松平武士というのは、いくさにおいて粘り強く、ほとんど負けないので、今川にすればきわめて貴重な戦力であった。

「生きる。いまは、それのみが殿の使命と思《おぼ》し召されよ」

祖父の顔を知らず、父のそれも朧《おぼろ》げである次郎三郎にとって、伊賀守は親と変わらぬ存在といえた。その誠意が次郎三郎の全身に伝わり、この瞬間、血肉となった。

「爺。わたしは、生きる」

たった数日間でも、次郎三郎にとって、家臣団との強靭《きょうじん》な絆を確信し、自身の心も強くした里帰りであった。

二

「内蔵頭《くらのかみ》どの。わたしに薬方《やくほう》をお教えいただけませぬでしょうか」

　庭の木々がうっすらと色づきはじめた人質屋敷の内において、次郎三郎は山科言継《やましなときつぐ》に願い出た。

　公家《くげ》の山科家は代々、皇室の財務を司《つかさど》る内蔵頭であり、わけても当代の言継は、式微《しきび》を極める禁裏《きんり》のために、みずから諸国を奔走《ほんそう》することを厭《いと》わない。裕福な今川氏より献金を引き出すため、駿府へも下向《げこう》してきたのである。

　また、多芸多才でもつとに知られ、別して医術は、専門医を顔色なからしめるほどに精通し、治療活動まで行っている。

「薬方と申されたか……」

　薬の処方、調剤の方法のことである。

「若《わこ》うてお元気そうだが、お体のどこを患《わずら》っておられる」

　当然ながら、患部によって、処方する薬は異《こと》なる。

「どこも患っておりませぬ。わたしは、本草《ほんぞう》を知り、おのが手で色々な薬を作ってみたいのです」

本草とは薬用植物のことである。

言継は、まじまじと次郎三郎を見てしまう。

戦陣で刀疵《きず》や槍《やり》疵や鉄炮《てっぽう》疵など、いわゆる金創《きんそう》を負ったとき、ただちに従軍の医者の治療を受けられる者は稀《まれ》であり、大半はみずから応急手当てをしなければならない。そのため、いくさが日常茶飯のこの時代、武士の多くは金創医術だけはかじっている。医術の流派は多数あっても、金創の治療に関してはほぼ同じであったから、憶えやすかったともいえよう。

しかし、薬物は種類が二千種近くもあって、薬方も各流派によって異なる。流派秘伝という薬方も少なくない。

言継は、多くの流派を鑑《かんが》みて、総合的な薬方を行うが、いずれにせよ、付け焼き刃で身につくようなお手軽なものではない。

「次郎三郎どのはなにゆえ本草を学びたいのか」

「生きたいからです」

「生きたい、と……」

「はい。いかなる疾病《しっぺい》にも対処できる薬を常備しておれば、永く生きられる道理」

「一理あるとは思うが、次郎三郎どのもいずれ戦陣に赴《おもむ》かれよう。薬があっても間に合わぬことは、残念ながら少のうない」

「それでも生きたいのです」

「武士というは、常住坐臥《じょうじゅうざが》、死を覚悟しているのではござらぬのか」

「余人は知らず、わたしは何があっても死んではならぬのです。家臣らを皆、仕合わせにするまでは」

「……」

眩《まぶ》しげに次郎三郎を見る言継であった。

「承知いたした。駿府に逗留の間、できうる限り、教えてしんぜよう」

「感謝申し上げます」

「なれど、何の返礼も得られずに教授いたすほど、当方もお人好《ひとよ》しではない」

「人質の身では、できることは限られますゆえ、何であれ、返礼はご延引《えんいん》賜りたい」

「延引となれば、高《たこ》うつきますぞ」

「当然と存じます」

「潔《いさぎよ》いことだ。お信じ申そう」

後年、次郎三郎は、徳川家康《いえやす》となって三河を平定《へいてい》し、遠江をも版図《はんと》に加えようとした頃、言継から後奈良《ごなら》天皇十三回聖忌《せいき》のための献金を依頼され、これを快諾《かいだく》した。言継の死後も、山科家を気にかけ、家禄《かろく》三百石を与えている。

正二位参議《しょうにいさんぎ》の公卿《くぎょう》でもある言継は、日中は義元や今川の一族、重臣、大寺の住職、城下の豪商らに招かれて多忙なので、次郎三郎への本草学の講義はもっぱら夜に行われた。

それでも、生に執着する若き次郎三郎の脳は、本草に関する多くを吸収したのである。薬種道具一式を揃《そろ》えて、薬方の実践も繰り返した。言継が翌年の春に帰京するまで、およそ半年間の受講であった。

その間に、次郎三郎は妻を娶っている。今川の重臣・関口親永《せきぐちちかなが》の息女で、義元には姪《めい》にあたるという瀬名《せな》であった。

松平氏の存続のためには、早々《そうそう》に後嗣の男子をもうける必要がある。次郎三郎は連夜、新妻《にいづま》と交《まぐわ》った。

日頃、武芸鍛練《たんれん》を怠《おこた》らず、精力横溢《おういつ》する十六歳というだけでも充分すぎるのに、次郎三郎は、みずから調剤した八味丸《はちみがん》を服用して閨房《けいぼう》に臨《のぞ》んだ。中国伝来の精力強壮の秘薬・八味丸は、薬方が知られていないが、山科言継より伝授の本草学を駆使して、それに近いものを調剤したのである。

年上妻の瀬名は、若い良人《おっと》の激しい房事《ぼうじ》を当初は悦んだものの、やがて様々に体調不良を訴えはじめた。

「きょうはつむりが痛《いと》うて……」

「どうも胃の腑《ふ》が……」

「風邪《かぜ》気味と存じます」

そのたびに、次郎三郎は、瀬名自身から症状を根掘り葉掘り訊《き》きだすと、

「大事ない。わたしが治す」

嬉々《きき》として、みずから適薬を調合しては、妻の施療《せりょう》にあたったのである。

これよりおよそ五十年後、幼い嫡孫《ちゃくそん》（徳川三代将軍家光《いえみつ》）が重病に陥《おちい》ったさい、侍医団も匙《さじ》を投げたのに、家康の処方による薬を服用させたところ本復《ほんぷく》した、という逸話が伝わっている。

人質屋敷では毎夜、薬研車《やげんぐるま》の軋《きし》む音が止まぬこととなった。

薬研というのは、調薬器具である。細長い舟形の中に深い窪《くぼ》みがあり、ここに刻んだ薬種を入れて、軸の付いた円板形の車を前後に押し引きして粉状《こなじょう》にする。別

称を薬《くすり》おろしともいう。

次郎三郎の人質屋敷の右隣には、監視役の今川家臣、孕石主水《はらみいしもんど》という者が住む。人々の寝静まった森閑《しんかん》とした夜に、微《かす》かに洩れ聞こえてくる薬研車の音で眠れない主水が、ある夜、とうとう怒鳴《どな》り込んできた。

「さようなことは、明るいうちに、安倍川《あべかわ》の川原ででもいたせ」

「薬種が川風で飛んでしまいます」

「川原と申したのは譬《たと》えじゃ。まわりに迷惑をかけるなと申しておる」

「助五郎《すけごろう》どのには、わたしの薬方を喜んでいただきました」

左の隣家も人質屋敷で、相模《さがみ》の北条氏康《ほうじょううじやす》の五男、助五郎が住んでいる。次郎三郎より三歳下だが、仲が良い。

「おとなしく、おやさしい助五郎どのに、おぬしがむりやり押しつけたに相違《そうい》ないわ」

人質といっても、北条助五郎は義元の甥《おい》にあたるので、主水も悪くは言えない。

「主水どのは、いつも怒っておられる」

「他人事《ひとごと》みたいに申しおって。それは、人質の分際で、おぬしが怒らすようなことばかりしでかすからではないか」

数年前、次郎三郎が庭で調教する鷹が、孕石屋敷へ飛び込んで、主水の烏帽子《えぼし》を鉤爪《かぎづめ》でひっかけてぼろぼろにした。以来、何かにつけて、次郎三郎の行動が気に食《く》わぬ主水なのである。

「どうも主水どのは癇癪《かんしやく》持ちではないかと存じます」

「なんじゃと」

「癇の虫には、雪下《ゆきのした》の葉の絞《しぼ》り汁が効きますので、ただいまお作りいたしましょう」

雪下の葉は、ほかに百日咳《ひやくにちぜき》、腫物《はれもの》、火傷《やけど》、しもやけなどに効果があるといわれる。

「もうよい」

主水は座を蹴《け》った。

「向後《こうご》、おぬしには、より一層、目を光らせる。覚悟せよ」

後年、武田《たけだ》氏に仕《つか》えて、遠江高天神《たかてんじん》城に籠城《ろうじよう》した主水は、徳川勢に城を落とされると、今川時代の誼《よしみ》を恃《たの》んで命乞《ご》いをするも、家康の赦《ゆる》しを得られず、泣く泣く自害に至る。

主水の苦情など、どこ吹く風で、翌晩以降も、次郎三郎は調薬をつづけた。

実は、瀬名は、無尽蔵に精力を放つ良人との同衾《どうきん》の回数を減らしたくて、体調不良と偽《いつわ》ったのだが、どうにも察して貰えないので、ついに諦め、再び次郎三郎に、毎夜、女体を供することとなる。

それでも、次郎三郎の薬おろしは止まなかった。調薬という病に冒《おか》され、膏肓《こうこう》に入るの態《てい》というほかない。

舅《しゅうと》の関口親永が、あきれて言った。

「これからは薬研次郎三郎と名乗ればよいわ」

三

次郎三郎の武者始めは、十七歳の春であった。

「岡崎衆を率《ひき》い、寺部《てらべ》城を落としてまいれ」

と義元より直々《じきじき》に命ぜられた。

永く松平氏に対抗する三河国賀茂《かも》郡寺部城の国人《こくじん》、鈴木《すずき》日向守重辰《ひゅうがのかみしげとき》が織田方に通じたのである。

「ご武運をお祈り申し上げます」

瀬名は、良人を初めて戦場へ送り出すというのに、表情にはなんの不安もなく、包み込むような穏《おだ》やかさに充《み》ちていたので、周囲から褒《ほ》めそやされた。

「あっぱれ、武人《ぶじん》の妻」

良人の執拗《しつよう》な房事からしばし解放される安堵《あんど》感のなせるわざだが、それと知る者はいない。

次郎三郎は、山科言継より贈られた『和剤局方《わざいきょくほう》』の写本を携《たずさ》え、二年ぶりに帰国した。同書は、中国の宋《そう》時代に定められた薬の処方書である。

今回は、岡崎城主としてみずから出陣するので、すすんで本丸へ身を移した。城代の山田新右衛門も、二年前の次郎三郎の神妙さに感じ入っていたから、これを当然として首座《しゅざ》を譲った。

「先々代さま、先代さまがご存生《ぞんじょう》なら、お悦びはいかばかりであられたか……」

光り輝く金陀美具足《きんだみぐそく》に身を包んだ若き主君に、松平家臣団は落涙《らくるい》に及んだ。

「皆に受け取って貰いたいものがある」

軍議の場で、次郎三郎は、列座の家臣たちへ、みずから調剤した袖薬《しゅうやく》を与えた。

戦陣に臨むとき袖《そで》の下に携行する救急薬を袖薬という。次郎三郎自前のそれは、振り出し薬というもので、細かく刻んだ薬種をいれた薄布の小袋を湯掻《ゆが》いて飲む。

現代のティーバッグに似たものである。

「二つあるが、こちらは体がひどく疲れたときに用いよ。必ず元気になる。もうひとつは腸胃《ちょうい》の腑の薬ゆえ、食傷《しょくしょう》にも効く」

賦活《ふかつ》薬と胃腸薬であった。食傷とは食中《しょくあた》りのことである。

「よもや、これらすべてをおひとりでお作りに……」

主君の武者始めの先鋒を望んで、これを次郎三郎から許された松平重吉が、両手に袖薬を持って、目をぱちくりさせた。

「余人に任せられるものか。大事な家臣たちの五臓六腑《ごぞうろっぷ》に関わる薬方なのだ」

「殿……」

重吉以下、列座一同、感激した。

これも、松平家臣団ならではの反応といってよい。

当時、武将みずから調薬をすることはめずらしいというほどではないにせよ、多くは専門の医者に任せた。血や糞尿など、不浄のものを扱う医者のすべき仕事を、武士が真似《まね》るのはいかがなものか、と敬遠されたのである。家康が江戸に幕府を開いて、身分制度が整い始めると、その考えは主流を占めるようになった。にもかかわらず、諸大名にまでおのが薬方を押しつける家康に対し、外様《とざま》大名などは皮肉をこめて「御医師家康《おんいしいえやす》」と陰口を叩《たた》いたという。

「殿のお心のこもった御袖薬じゃ。百万の味方を得たも同じぞ」

老齢のため出陣はしないが、岡崎城の留守を預かる鳥居伊賀守が、宣言する如《ごと》く言い、

「おうっ」

と家臣団も心をひとつにしたのである。

次郎三郎率いる松平勢は、矢作川沿いに北上した。四、五里ほどで、寺部に着く。

寺部城主の鈴木氏は、三河北部の有力国人として、同国中部に根付いた松平氏とは互いの境界線で幾度も戦い、次郎三郎の祖父・清康には敗れている。とはいえ、源義経《よしつね》の忠臣・鈴木三郎重家《しげいえ》の一族を祖とする名家を自負し、当代の日向守重辰はなかなか侮《あなど》れない対手であった。

いったん寺部城を包囲した次郎三郎だが、籠城勢の兵気に乱れのないことを察知し、周辺の地形なども観《かん》じて、躊躇いなく策を変じた。

「いま攻めても、寺部城は容易には落ちない。われらは徒《いたずら》に兵を失うばかりであろう。また、この城の攻略に手間取るうち、近隣の織田方の城より後詰《ごづめ》が放たれて

は、由々《ゆゆ》しき大事。まずは枝葉を伐《き》り取り、そののち本根《もとね》を断《た》つのがよいと思うが、皆はどうか」

武者始めで、かくも冷静な判断をする次郎三郎に、歴戦の将として後見《こうけん》をつとめる譜代衆の酒井《さかい》雅楽頭《うたのかみ》や石川《いしかわ》安芸守《あきのかみ》らは、舌を巻いた。

「上策と存ずる」

真っ先に松平重吉が賛成し、余の者にも否《いな》やはなかった。

「道甫さまのご再来じゃ」

「殿はきっと、三河を取り戻してくれる」

寺部城の囲みを解いた次郎三郎は、岡崎へ退《ひ》くとみせて、近隣の織田方の挙母《ころも》、伊保《いぼ》、広瀬《ひろせ》などの諸城をたちまち抜いたのである。

その疾風迅雷《しっぷうじんらい》の動きに動揺した寺部城主の鈴木重辰は、戻ってきた松平勢に城へ放火されると、早々《はやばや》と降伏した。

「吾々《われわれ》戦場に年をふるといへども、これほどまでの遠慮はなきものを、若大将の初陣《ういじん》よりかかる御心付《おこころづか》せたまふ事、行々《ゆくゆく》いかなる名将にかならせたまふらん」

と『東照宮御実紀《とうしょうぐうごじっき》』に、老臣たちの感服のさまが記されている。文中の「遠慮」は、先を見通して深く考えるという、深謀《しんぼう》遠慮のそれである。

「殿。岡崎へ凱旋《がいせん》にございますな」

重吉が言い、皆も眩しげに若き主君を眺めやったが、次郎三郎からは、まだ帰陣せぬと告げられ、一様に訝《いぶか》った。

「水野《みずの》の伯父御《おじご》にも挨拶《あいさつ》の一矢《いっし》を放ちにまいる」

事もなげな連戦宣言に、家臣らは仰天《ぎょうてん》した。

「刈谷《かりや》を攻めるとの仰せか」

尾張知多《ちた》郡の緒川《おがわ》より出た水野氏は、郡境を接する三河碧海《あおみ》郡の刈谷にも進出し、その一帯に勢力を張っている。

当代の信元《のぶもと》は、初めは松平氏と結び、妹の於大《おだい》を広忠へ嫁《とつ》がせた。ところが、一転、織田へ寝返ってしまう。それで窮地に陥った広忠が、今川義元に支援を求め、嫡男竹千代を人質として駿府へ差し出すこととなった。同時に、於大も離縁し、実家へ戻している。

駿府行きの途次の竹千代を、織田方が拉致《らち》したさいも、陰で信元が動いていた。

竹千代すなわち次郎三郎にとって、水野信元は、父を裏切ったばかりか、母とは生き別れにさせた憎き伯父である。

「母上がおわすであろう刈谷城を攻めるつもりはない。城外で一戦交《まじ》えて、引き揚《あ》げる」

次郎三郎の壮気《そうき》に、松平家臣団は勇躍した。かれらの苦難も、水野信元の裏切りが発端《ほったん》といえる。

長駆《ちょうく》、刈谷へ走った次郎三郎の松平勢は、刈谷城外ばかりでなく、境を越えて尾張へ入り、緒川や石瀬《いしがせ》でも水野勢と戦った。

松平勢の襲撃を予期していなかった水野勢が、当初は劣勢に立たされたものの、次第に盛り返してくると、次郎三郎は退鉦《のきがね》を打たせた。進退を心得た軍配である。

追撃してくる水野勢を散々に蹴散らして、撤退させることにも成功した。

ところが、戻ってゆく水野勢の間を抜け出し、なおも追ってくる者らがいるではないか。たった三騎で、しかも軍装ではない。

「待たれいっ、松平どの」

先頭の一騎が大音を上げた。

「それがし、熱田《あつた》の加藤図書助順盛《かとうずしょのすけよりもり》と申す。松平どのに申し上げたき儀がござる」

これが、殿軍《しんがり》をつとめた家臣から、次郎三郎へ伝えられた。

「熱田の加藤……」

忘れるものではない。尾張に人質の身であったとき、熱田の豪族にして商家でもある加藤家の屋敷で、一時期を過ごした。当主の図書助には親切にして貰った。

捕らえられた三人が、次郎三郎の前へ引き出されてくる。

「これは、まことに図書助どの」

白髪《しらが》が目立つようになっても、記憶の中にたしかに留められている顔であった。

あとの二人は、警固人《けいごにん》とみえる。

「ご記憶であられたとは、嬉しや」

安堵の息をつく図書助であった。

次郎三郎は、図書助らを押さえつけていた兵たちを退《さ》がらせる。

「不躾《ぶしつけ》とは存ずるが、挨拶を抜きにして、早《はや》、用件を申し上げたい。わがあるじ織田上総介《かずさのすけ》よりの伝言にござる」

「上総介どのが、わたしに……」

父信秀を悪病で失って以来、国内の反対勢力との戦いを凌《しの》ぎに凌いで、尾張平定に向けて邁進《まいしん》している織田信長のことである。

尾張での人質時代に幾度か会い、そのばさらな言動や身形は幼心《おさなごころ》に刻まれた。家督相続後の様々な噂も耳にしているが、悪評ばかりであった。

今川の家臣たちも、信長のことをうつけと嗤《わら》っている。うつけとは、愚か、ばか、ぼんやりといった意味である。

評価が極端に偏《かたよ》るのは、それだけ他者にはない強烈さを持つ人間であることを、若くとも苦労人の次郎三郎は知っている。だから、信長についてはひとつだけ耳にした好評こそ信じられた。

「国持ち、人使いの上手の手本は、駿河の今川義元、甲斐《かい》の武田晴信《はるのぶ》、越後《えちご》の長尾《ながお》景虎《かげとら》、阿波《あわ》の三好長慶《みよしながよし》、安芸《あき》の毛利元就《もうりもとなり》。それに、まだ若いが、尾張の織田信長」

越前朝倉《えちぜんあさくら》氏の名将として天下に知られた朝倉宗滴《そうてき》が、生前の談話の中で語ったものである。

「あるじの言《げん》をそのままお伝えいたす」

「どうぞ」

「松平は今川治部の捨て駒《ごま》だ。このままでは岡崎の家来衆は悉《ことごと》くいくさで命を落とし、次郎三郎も三河一国どころか、岡崎城すら取り戻せぬ。ならば、おれと結べ。おそらく二、三年のうちには、治部はみずから尾張を攻める。そのとき、おれと次郎三郎とで、尾張と三河の国境にて治部を挟《はさ》み撃つのだ。あとは、尾張以西はおれの、三河以東は次郎三郎の斬り取り次第。うつけの夢と嗤《わろ》うてもよい。力ある者に踏みにじられるか、ともにうつけの夢を見るか、いかに次郎三郎」

「そのほうのあるじは、噂通りのうつけのようだな」

と図書助を睨みつけたのは、次郎三郎に近侍《きんじ》する植村新六郎栄政《うえむらしんろくろうひでまさ》である。十八歳の若年ながら、すでに剛勇を謳《うた》われている。

「新六郎。無礼を申すでない」

次郎三郎が叱りつける。

「殿。織田は信用なり申さぬ」

新六郎の亡父の氏明《うじあき》は、清康を誤って殺した家臣、広忠を討った織田方の刺客、いずれもその場を去らせず斬り捨てたという伝説の武人だが、二代にわたって主君の命を守れなかったことを、終生、後悔《こうかい》しつづけた。それゆえ、新六郎は、別して織田に対して含むところがある。

「ならば、新六郎。おぬしは今川を信用しておるのか」

同じく近侍の阿部善九郎正勝《あべぜんくろうまさかつ》が言った。

善九郎は、次郎三郎が六歳で人質となるときから、常に付き従ってきた忠臣で、新六郎とは同い年の武辺者《ぶへんもの》として認め合っている。

「それとこれとは……」

「織田の当主から松平の当主への伝言だ。家来のわれらが口を挟んでよいことではない」

同僚の説諭《せつゆ》をうけた新六郎は、図書助に無礼を詫《わ》びてから、素直に引き下がる。

主従の絆ばかりか、こうした家臣同士の心の結びつきも強かったことが、松平氏、のちの徳川氏の最大の武器であった。これに比べて、徳川に先立つ織田・豊臣《とよとみ》両政権がいずれも短命に終わった原因は、家臣たちが、前者は競争が烈《はげ》しすぎて心を疲弊《ひへい》させ、後者は寄せ集めでまとまりを欠いたからと言えよう。

「上総介どのは、わたしに伝言なさる機会を窺《うかご》うておられたのか」

次郎三郎が図書助に訊《たず》ねた。伝言の義元挟撃《きようげき》という非現実的な内容よりも、まずそのことが気になったのである。

「松平どのが武者始めで寺部を攻めることは、尾張へも伝わってまいった。すると、あるじは、次郎三郎ならば、いくさの成り行き次第では水野領へも攻め入るはずと申し、それがしに緒川城で待つよう命じたのでござる」

「上総介どのはなぜわたしの心のうちを……」

「おれは母には疎《うと》まれておるが、次郎三郎はそうではない。余儀なき次第で、親子の縁を引き裂かれたのだ。武者始めの晴れ姿を、たとえ遠目でも、母御《ははご》に見せたいと思うのが、子の心であろうよ、と」

にわかに、次郎三郎の心に、少年の姿が浮かんだ。熱田の浜に立って、ひとり海を眺めやるその遠い後ろ姿に、幼い人質の胸はなぜか締めつけられた。

いま思えば、あのときの少年は母親の愛に飢えた信長だったのかもしれない。実は、いまも飢えていればこそ、次郎三郎の心を推《お》し量《はか》ることができたのではないか。

「上総介どのへ、いま、わたしの申すままにお伝え下さい」

と次郎三郎は図書助に言った。

「命を助けていただき、ありがとう存じます。なれど、見てもよい夢ではありませぬ、いまのわたしには」

聞いた図書助がそのまま復唱し、次郎三郎はうなずき返す。

「されば、これにて」

図書助は、警固人の二人を従え、馬で走り去った。

「殿。命を助けていただきとは、いかなる意にござりましょうや」

少し眉を顰《ひそ》めながら、新六郎が質《ただ》した。

「分からぬか。上総介どのは、わたしが水野領を攻めることを察しておられた。その気になれば、兵を率いて、われらを迎え撃つこともできた」

「なるほど、さようにございますな」

新六郎より先に納得したのは、善九郎である。

「わたしと結びたいという上総介どののお気持ちに、嘘偽りはないということだ」

それと確信すればこそ、次郎三郎も信長の申し出を無下《むげ》には突っぱねなかった。

いまのわたしには、という一言で信長も察するに違いない。

「さてさて、こたびこそ岡崎へご凱旋じゃ」

高らかに、重吉が宣《せん》した。

四

次郎三郎が武者始めで大いなる戦功を樹《た》てたので、松平の老臣衆《おとな》は、駿府の義元へ三つの願いを上申《じょうしん》した。

次郎三郎の岡崎復帰、岡崎城代である今川家臣の退去、松平旧領の全面返還。

しかし、義元から次郎三郎への恩賞は、岡崎の山中領三百貫の返還と、刀一振《ひとふり》のみであった。その身は以前と変わらず駿府に置かれ、岡崎城代も引き続き今川の者がつとめる。

次郎三郎も家臣団も、信長の伝言を思い起こした。松平は今川の捨て駒だ、という。

「畏れながら、武者始めでいささかの手柄《てがら》を樹てたのを機に、わたしの諱《いみな》である元信の信の一字を、祖父清康の康に改めとうございます。治部大輔さまのご武名に、祖父のそれをも加えれば、岡崎衆も喜び、こののちも主従ともども、今川氏のために身命を抛《なげう》つ覚悟は、一層揺るぎないものとなりましょう」

そんなふうに次郎三郎は義元へ願い出た。

「松平次郎三郎元康か」

「はい」

「よかろう」

「ありがたき仕合わせに存じ奉ります」

秘めた決意の実現に向けて、次郎三郎は最初の一歩を踏み出したのである。

松平主従が捨て駒生活に戻ったところで、年号が弘治《こうじ》から永禄《えいろく》へと改元された。

後嗣の欲しい次郎三郎は、再び、瀬名との連夜の閨房に勤《いそ》しんだ。

武者始めの戦陣において、兵糧として盛んに食《しょく》した岡崎産の豆味噌《まめみそ》で活力を得た経験から、これを以前にも増して食生活に取り入れるようになり、次郎三郎の精力は増した。

当時の日本で、米麹《こうじ》も麦麹も用いず、大豆《だいず》のみで仕込む豆味噌を生産していたのは、岡崎を中心とする三河だけであった。いわゆる三州《さんしゅう》味噌とも八丁《はっちょう》味噌ともよばれるもので、米味噌、麦味噌に比して、生殖《せいしょく》能力も頭脳の働きも最も高められる。貯蔵性も高かった。

「瀬名。これからは、そなたも食せ」

東国《とうごく》の都《みやこ》とよばれたほど、京文化の浸透した土地柄の駿府で生まれ育った瀬名には、甘みもなく、濃厚すぎる旨《うま》みと独特の風味の岡崎の味噌など、好みには程《ほど》遠かった。が、次郎三郎の調薬を服用させられるよりはましなので、味噌汁だけは我慢して飲んだ。

その甲斐あって、秋口《あきぐち》に懐妊《かいにん》と知れた。

冬には、尾張で大きな事件が起こった。信長が、家督を狙《ねら》っていた弟の勘十郎《かんじゅうろう》を清洲《きよす》城に誘殺したのである。これにより、信長の尾張統一は目前となった。

翌《あく》る永禄二年の三月、瀬名が臨月《りんげつ》を迎えた。

次郎三郎は、順気《じゅんき》の内服薬、出産促進の催生薬《さいせいやく》をはじめ、吐瀉《としゃ》薬、塗布《とふ》薬なども調合して、そのときに備え、前日に産婆《さんば》をよんで、用法を説明した。

「万一、瀬名の産門交骨《さんもんこうこつ》が開かぬ場合は、灌腸方を用いるゆえ、すぐに知らせよ」

「かんちょうほう、にございますか」

「甘松《かんしょう》、石灰《せっかい》、蕎麦《そば》の花の黒焼きを配合し、蕎麦稾《わら》の灰汁《あく》で溶いたものを、管《くだ》で尻の穴から吹き入れる」

「ひっ……」

「案ずるな。そのさいは、管はわたしが用いる」

「殿御《とのご》が産所へお入りになるなど、以《もっ》ての外のことにございます。ましてや、さような恐ろしいことまで……」

「わたしの妻だ」

「なりませぬ」

　この出産は、次郎三郎にとって、重大な分かれ目であった。

　生まれてくる第一子が、姫ならば、自分も松平家臣団もこれまで通り。だが、後嗣を得たならば、機を見て、今川に叛く。

　後嗣には、元服も武者始めも、今川の下《もと》ではやらせたくない。

　次郎三郎が産所へ入ることなく、赤子《あかご》は誕生した。

　待望の男子である。

竹千代と名付けた。松平氏の嫡男の幼名《ようみよう》である。

(そなたには決して恥辱《ちじよく》を与えさせぬ)

生まれたばかりの後嗣を腕の中であやしながら、次郎三郎は固く誓った。

桶狭間《おけはざま》合戦が起こったのは、およそ一年二ヶ月後の五月十九日のことである。

その日の午後のまだ早い頃合《ころあ》い、今川義元が桶狭間山で討たれたとき、次郎三郎の松平勢は、織田領に深く入り込んだ大高《おおだか》城を守っていた。

義元討死《うちじに》の第一報は、死に物狂いで馳《は》せつけた急使によって早めにもたらされた。今川方で最もいくさに強い松平勢の救援を、敗走軍が真っ先に期待したからである。

「まずは気を落ち着けよ」

薬研で下ろした鎮静薬を、湯で溶いて、次郎三郎は急使にすすめた。

ごくごく、と喉を鳴らして飲んだ急使は、のたうちまわって、口から泡を吹き、それなり頓死《とんし》した。

「死体は海にでも流せ」

大高城に急使など来なかったことにしたのである。ここから伊勢《いせ》湾が近い。

次の使者は、夕方に駆けつけた。もはや松平勢を除く今川方がことごとく逃げ散ったあとのことである。

「もっと早《はよ》うにわたしに報《しら》せてくれれば、ただちに弔《とむら》い合戦をいたしたものを……」

涙を流して口惜《くちお》しがる次郎三郎を、

「松平どのの誠心《せいしん》は、亡きお屋形にも充分に伝わり申そう」

と使者はむしろ慰めた。

その使者が発《た》ったあと、大高城を加藤図書助が訪れた。

「駿府ではなく岡崎へ戻られることと存ずるが、われら織田はかまえて追撃いたしませぬゆえ、松平どのには、道中、ご安心を」

「上総介どのは、おひとりで治部大輔を討たれた。もはや、わたしなど必要とされぬのではないかと存ずるが……」

「背後を気にせず、美濃《みの》を斬り取りたい。それが、あるじの次なる望み」

「ありがたい仰せ。されば、わたしは、早々に三河を平定いたそう」

「今川のまことのうつけを騙《だま》し騙しいたしながら事をなすのがよい。あるじはさよう申しておりました」

三河を奪還《だっかん》するには、この先もしばらくは今川方を装《よそお》ったままがよい、という信長の助言であった。義元の嫡男の氏真《うじざね》は、信長と同じく上総介を称するが、戦陣を厭い、和歌と蹴鞠《けまり》に現《うつつ》を抜かす愚か者なのである。

「正式の同盟の儀は頃合いをみて、と」

つづけて図書助は言った。

「畏《かしこ》まった」

次郎三郎も同意である。

「あるじの伝言を、いまひとつ」

「承《うけたまわ》る」

「織田と松平が一体となった本日をもって、あらためて、おれと次郎三郎のまことの武者始めといたそうぞ」

対等である、と信長は約束してくれた。向背《こうはい》の定まらぬ戦国時代において、奇跡的なほど長期にわたる信頼関係が、このときから動き出したといってよい。

翌日、いったん岡崎の大樹寺《だいじゅじ》に陣を布《し》いた次郎三郎は、山田新右衛門ら今川家臣が退去するのを待ってから、五月二十三日に、父祖伝来の岡崎城へ、威風堂々《いふうどうどう》、城主として入った。

次郎三郎、十九歳。足掛け十四年に及んだ人質生活に、事実上、みずから終止符を打った瞬間であり、江戸開幕に向け、武具よりも薬種道具を存分に使う、さらに長い道のりの始まりでもあった。

大名形《なり》

武川佑

一

突き出した腹へ「御免《ごめん》」と竹ひごの巻尺を巻くと、ふふ、と忍び笑いが降ってきた。

見あげると丸顔にうすい太眉、小さな丸い目をした襦袢《じゅばん》姿の男と目があう。男が言った。

「ちかごろ腹が出てしまっての。いままでの具足《ぐそく》では腹がつかえるではないか。これは戦《いく》さに素っ裸で出ねばならぬと慌てておった。光貞《みつさだ》よ、ようやくお主《ぬし》を見つけて小躍りしたのだぞ」

「左様《さよう》で」

五十がらみの具足師である春田《はるた》光貞は、短く答える。隣に座していた筆頭家老の酒井忠次《さかいただつぐ》が咳《せき》ばらいをする。わしはお主を呼ぶのには反対だったのだ、と言いたげだった。

光貞は男の体を測ってゆく。

身の丈《たけ》五尺二寸八分（約百六十センチメートル）と、まあ高いほうだ。

首から手のくるぶしまでの裄丈《ゆきたけ》二尺三寸一分（約七十センチメートル）と長めで、胸回りは二尺六寸四分（約八十センチメートル）、胴回り二尺四寸（約七十三センチメートル）と寸胴《ずんどう》である。肩幅ががっちりと広いわりに下半身はひょろりとして短足。

ひとつひとつ、寸法を帳面に書きつけ、終えると弟子の新吉《しんきち》とともに額《ぬか》ずいてさがった。

襦袢姿の男――遠江浜松《とおとうみはままつ》城主・徳川家康《とくがわいえやす》――は、浅葱《あさぎ》色の薄羽織《うすばお》りを着て上座《かみざ》に座する。三河《みかわ》の一領主から織田《おだ》と結んで三河・遠江二か国を治める大名に成りあがったこの男は、一昨年、それまでの居城《きょじょう》三河岡崎《おかざき》城から本拠を移したばかりである。

がっしりとした上半身を丸めた姿は、どこか熊のような愛嬌《あいきょう》があり、かつ戦国領主らしい獰猛《どうもう》さの片鱗《へんりん》も感じさせる。右足がすこし外側に開いている癖があるから、草摺《くさずり》は右側だけずらしたほうがいいだろう、と光貞は思った。経験からだが、この癖がある武士は、気が短い。

そういうところも、熊に似ている。

「恐れながら、ひとつ伺っても」

光貞が問うと、よい、と家康は機嫌よく言ったので、ずばり聞いた。

「なぜわしを選ばれました。浜松にはほかに腕の立つ具足師もおりましょう――」

それ以上申すなと酒井忠次が二度目の咳ばらいをしたが、光貞は構わずつづける。

「わしが具足を作ると御討死《おうちじに》なさいますぞ」

浜松城の広間に気まずい沈黙が流れた。

春田光貞は、大和国《やまと》を本拠とする本朝随一《ほんちょうずいいち》の古さをもつ春田派の具足師である。南都《なんと》に生まれ、十三のとき具足師の父とともに駿河今川《するがいまがわ》家のお抱え具足師として移住した。父が死んだのちも、数人の弟子を取るほど具足屋は繁盛《はんじょう》した。

世に戦さは絶えなかったからである。

光貞の運命が一変したのは、いまから十二年前の永禄《えいろく》三年（一五六〇）。かの桶狭間《おけはざま》合戦である。

西三河平定のため出陣した今川義元《よしもと》が、織田信長の急襲により討死した。そのとき義元は光貞が仕立てた色々縅《いろいろおどし》腹巻と厳星兜《いかぼしかぶと》を身に着けていた。敵と斬り結んだ際、背中を覆《おお》う背板が緩《ゆる》み、そこを狙われたのだという。

『光貞の具足は瑕疵《きず》ものなるぞ』

『光貞の具足を纏《まと》えば首を獲《と》られるらしい』

武士というのはとかく縁起《えんぎ》を気にする。光貞の甲冑《かっちゅう》は不吉であるとの噂は駿府《すんぷ》にあっという間に広まった。弟子は一人また一人と去り、光貞は追われるように駿河を出て、隣国遠江の浜名湖ちかくに移り住んだ。

当時の遠江は今川の領国だが有力な将はおらず、郷ごとに国衆《くにしゅう》が支配していた。光貞は大身《たいしん》の武士向けではない、二、三度の戦さでうち捨てられるような足軽《あしがる》向けの簡素な腹巻や、桶川胴《おけがわどう》を作って細々と食いつないだ。世に戦さは絶えなかったから、具足はいくら作っても売れた。

そんな光貞を呼びだしたのが、徳川家康だった。

顔を真っ赤に染める酒井忠次を横目に、家康は沈黙を破り、声をあげて笑った。

その声は清々《すがすが》しく光貞の耳に届く。

「お主の具足のせいで義元どのが死んだという風聞《ふうぶん》であろ？　所詮《しょせん》噂話。気にせぬ。お主も知ってのとおり、当時今川方におったわしは、具足を実際に見た。美しい縅の色目、すぼまった草摺の歩きやすそうなこと、いつかあのような具足を誂《あつら》えてみたいものだと、願っておった」

なるほど。もともと徳川家康は松平元康《まつだいらもとやす》と名乗り、今川義元配下の一武将だった。駿府時代のわしの仕事を知っているわけか、と光貞は納得した。

「そんなお主に『写し』を作らせるのは心苦しいのだが、お主の漆塗《うるしぬ》りの腕を見こんで頼みたい。わしにとって桶狭間以来の苦難を助けてくれた思い入れのある具足なのだ」

家康の依頼は、彼が桶狭間合戦のときに着用していたある具足の「写し」を作れ、というものだった。

写しとは、すでにできている甲冑とおなじ意匠《いしょう》のものを作る。具足は戦場に着用してゆくものだから、破損はよくあることだ。大将ともなればおなじ意匠の「写し」、いわばスペアを作っておくことは珍しくない。

家康は身を乗り出して問うた。

「ときに、具足はどれくらいでできる？　銭ははずむ。急いでもらいたい」

武田との戦さがちかいからだろう。

桶狭間合戦で今川義元が討死したのち、今川家は嫡男氏真《ちゃくなんうじざね》が継いだが、三河遠江らの国衆の離反を招いた。永禄十一年（一五六八）、武田《たけだ》と徳川が今川領に攻め入り、戦国大名としての今川家は滅亡した。しかし武田と徳川は領土の境界問題などで揉《も》めて対立を深め、徳川が本拠地を岡崎から浜松に定めたのちも、対立は激化していた。

相模北条氏《さがみほうじょう》と甲相《こうそう》同盟を復活させ、後顧《こうこ》の憂《うれ》いを断った武田徳栄軒信玄《とくえいけんしんげん》は、元亀《げんき》三年（一五七二）の今年こそ、遠江に攻めこんでくると噂されている。おそらく稲刈期が終わった冬だろう。

あと二月《ふたつき》か、三月《みつき》か。

家康が具足を急ぐ理由はここにある。

「一月《ひとつき》」

光貞が短く答えると、家康は嬉《うれ》しそうに頷《うなず》いた。酒井忠次は、まだ渋面《じゅうめん》を崩さずにいた。


八月は、秋といえどまだまだ暑い。

浜松城を出た光貞は、弟子の新吉とともに城の真西にある佐鳴湖《さなるこ》につけていた渡し舟に乗せてもらい、新川《しんかわ》をくだって浜名湖に出た。川の出口に狐島《きつねじま》（弁天《べんてん》島）があり、そこの祠《ほこら》を越えたら浜名湖だ。陽光が乱反射する浅緑《あさみどり》色の汽水域《きすいいき》には、今日も渡し舟やあさり獲りの舟が出ている。

「今日はお前、いつになく嬉しそうじゃねえか」

そう光貞が水を向けると、二十四歳の新吉はほかの渡し客からわけて貰《もら》った饅《まん》頭《じゅう》を食《は》みながら、堰《せき》を切ったように喋《しゃべ》りだした。さがり目がいっそうさがる。

「そりゃあそうですよ！　桶狭間いらい、ようやく親方の腕を見こんでくださる殿さまが現れたんです。写しとはいえ、とんだとばっちりだったじゃないですか」

新吉は駿府時代から唯一残った弟子で、主に籠《こ》手《て》や脛当《すねあて》など鉄を打って作る具足鍛《か》冶《じ》を得意とする。具足師は細《さい》工《く》や仕立てを行う親方を頂点に、具足鍛冶、革細工師、塗《ぬ》師《し》、金物師、威《おどし》毛《げ》組《くみ》糸《いと》師《し》などさまざまな分業で成り立つ職業である。駿府時代の光貞は工人《こうじん》八人を抱え、駿府の今川館《やかた》ちかくに工房を構える大きな「具足屋」であった。

いまとなっては分業するほど人手もないから、光貞自身が一人で鍛冶も細工も仕立てもやる。新吉にもひととおり技《わざ》は仕こんである。

溜めこんだ鬱憤《うっぷん》を晴らすように、新吉は喋りつづけた。

「背板が緩んだなんて言いがかりだ。今川さまは腰を痛めていて背板を自分で外《はず》しちまうのは、親方だって知っておったでしょうに。それを親方は反論もせずに」

光貞は湖面に目を遣《や》った。舟は北に進路を取り、湖に突き出した庄内《しょうない》半島にそって進む。半島のつけ根にある堀江《ほりえ》城（舘山寺《かんざんじ》）のちかくに、光貞の工房はある。

「御討死のさいに背板をつけていたか外していたか、わからねえ。本当に背板が外れたのかもしれねえ」

人の命を守るはずの甲冑が、人の命を奪ってしまった。

光貞は具足師をやめるべきだと思っている。だが娘や新吉を食わせるためには仕事をせねばならない。

舟は半島の突端《とったん》にある新津城《しんづ》（志津城《しづ》）で積み荷の揚げ降ろしをし、半島をぐるりと回って日暮れ前には家へ帰ることができた。夕焼けに照らされて打ち水をしていた娘のマサに出迎えられ、二人は手足を洗うと、涼風《すずかぜ》のとおる母屋《おもや》の縁側《えんがわ》に座った。広げた帳面には、写しの元となる具足の次第を書き写してきている。

新吉が、しみじみと言う。

「はあ、ちかごろはやりの当世《とうせい》具足というものですな。派手《はで》でしたなあ」

通称、金陀美《きんだみ》具足。

兜、胴、袖、籠手、草摺、脛当、すべてに金箔《きんぱく》を押して透《す》き漆を塗った、全身金色の具足である。戦場では陽《ひ》の光を受けてさぞ目立っただろう。

桶狭間の激戦の名残《なごり》として、具足には数々の擦《す》り跡、切れ跡があり、威糸がほつれているところもあった。なにより胴回りがいまの家康の体形にあわない。意匠はそのままに、いまの家康の体にあうものにしなければならぬ。

光貞は帳面を示して言った。

「よく見ろ新吉。見目《みめ》こそ傾《かぶ》いているが、元は日根野頭形兜《ひねのずなり》に、鉄打出《うちだ》しの二枚仏胴《ほとけどう》。目新しさなぞねえ。頭形兜なぞ、ちかごろそのへんの足軽でも被《かぶ》ってる。家臣どもが貧しいなりに主君の晴れ着姿を、と金策に苦心したのが見えるようだ」

家康の横で渋面を崩さなかった家老、酒井忠次の顔が思いだされた。

「たしかに。大将には御決まりの兜の立物《たてもの》もないですね」

土間《どま》で夕飯を作っていたマサが振りかえって、怖い顔をする。

「お父ちゃん、徳川さまの具足を作るのかい。やめときな！　みんな噂してたら、稲刈りが終わったら武田が攻めてきて、徳川さまなんて一ひねりだってさ」

妻とのあいだになかなか子ができず、諦《あきら》めたときに授《さず》かった子がマサだった。今年で十五になる。母を幼いときに流行《はや》り病《やまい》で亡くし、自分が一家を支える、と気の強い娘に育った。

「聞いてりゃ、ちんけな具足じゃないか。徳川さまは、武田が恐ろしい織田に盾にされてるだけだって聞いたがそのとおりだね。いかにも頼りない。新吉さん、徳川さまに拝謁したんでしょう？　どんな御人《おひと》だったね」

「殿さまの御人柄なんて、とてもわしらにゃわかりませんよ」

「熊毛《くまげ》を鞠《しころ》飾りにしたら、すこしは御強そうになるんじゃないかね」

マサが土間の長持《ながもち》を開くと、獣臭《けものしゅう》とともに黒くつややかな毛皮が現れた。鼻をつまんで新吉が長持を覗《のぞ》きこむ。

「くさっ。マサさん、これどうなさったんです」

「井伊谷《いいのや》の侍がこの前の具足修理の礼に持ってきたんだよ」

熊は力の象徴として兜や草摺の飾りに用いることもあるが、丸々一頭分の毛皮である。使うにしても持て余す。

「徳川でも、武田でも、織田でも、この乱世に弱い奴はだめだ」

そう言って胸を張るマサを睨《にら》み、光貞は濁酒《にごりざけ》を舐《な》めた。

「女が仕事に口出すんじゃねえ」

「なんだって、威糸を染めるのは誰だと思ってるんだい。そのお酒も、わたしが組紐の内職で買《こ》うたってこと、忘れないでほしいね！」

しゃもじを振りあげて怒るマサを、新吉が宥《なだ》める。

「徳川さまは御銭《おあし》をはずんでくださるんです。この仕事がうまくいけば、新しく工人を雇えますし、マサさんも楽な暮らしができますよ」

まだ納得がいかない様子で、マサは「二月後には武田が攻めてくるんだよ」と文句を言っていた。

険悪な雰囲気のまま麦飯と切り干し大根の味噌汁を啜《すす》り、光貞は新吉に言った。

「さっそく明日からとりかかるぞ」

二

浜松様御具足注文
一、鉄地白檀塗《びゃくだんぬり》日根野頭形兜　五枚𩋙、黒糸縅
一、面頰《めんぼう》　半頰、同前
一、御具足　白檀塗仏胴、胸取《むなとり》縅、糸黒
一、草摺　白檀塗練《ねり》六間《けん》四段、糸黒
一、袖　同前、置袖《おきそで》
一、籠手　同前
一、はいたて
一、すねあて

鉄を打つ音が、工房に響きわたっている。本朝では練革《ねりかわ》や鉄の札《さね》を革紐《かわひも》や組紐で繋《つな》げる、すなわち威《おど》す、大鎧や胴丸といった具足や、鉄板を矧《は》いだ筋兜《すじかぶと》といったものが主流だった。長い戦乱によって合戦は騎馬武者どうしの組討《くみうち》から足軽が長鑓《ながやり》を振るう集団戦闘へと変化し、南蛮《なんばん》からもたらされた火縄銃によって、さらに様変わりした。大将が太刀《たち》を抜いて戦う、ということはもはや稀《まれ》だ。

一方で火縄銃の弾を防ぐために、練革ではなく、鉄板の具足が普及しはじめる。さらに大将は味方の士気をあげるためにも遠くからでもすぐにわかるような馬印《うまじるし》を立て、みずからも具足や兜の立物で存在を誇示し、心意気を示す。

テンテン、カツ。

鉄板を火床《ほど》に入れて真っ赤になったそれを、また打つ。

テン、カツカツ。

槌《つち》を振り、鉄板を延ばして、光貞は具足の中心部となる胴の前後を作っていった。新吉には兜や籠手、脛当を任せてある。

矧ぎ板をつなぎあわせる横矧胴《よこはぎ》、縦矧胴《たてはぎ》とちがい、継ぎ目がない一枚張打出胴である仏胴は、矢や鑓などの刺突《しとつ》武器に強く、ちかごろ人気がある。

南蛮からやってきた板金鎧《プレートアーマー》を参考に考案されたそれを、光貞は形づくっていく。前板はふっくらと下に膨《ふく》らみを持たせ、背板は微妙な湾曲《わんきょく》を持たせる。槌の音、鉄を操《あやつ》る左手の感触に細心の注意を払い、無心に叩《たた》いて延ばす。

「……」

無心であろうとした。だがさまざまな雑念が浮かんでは消える。

そういうとき、光貞は工房を出て湖畔《こはん》を歩いた。

堀江城の北側の舘山寺の鐘の音が長く響く。米俵を満載にした兵糧舟《ひょうろう》が内浦《うちうら》に入ってくるのを、光貞はぼうと眺めた。遠州《えんしゅう》各地の兵糧は浜名湖を経由してここ堀江城に集められ、浜松城に入れられる。堀江城は鳳来寺道《ほうらいじみち》（現・金指《かなさし》街道）にちかく、三方ヶ原《みかたがはら》を通って浜松城に繋がっているし、先日、光貞が舟でとおったように佐鳴湖まで運ぶこともできる。

ざざ、と波が打ち寄せ、湖面は光に満ちて、しだいに紅色を濃くして、舟が戻ってくる。

こういうとき、今川義元の胴の縅の色目が思い浮かんでくる。小豆《あずき》、代赭《たいしゃ》、櫨色《はじいろ》、月白《げっぱく》。灰がまじったような橙《だいだい》から濃い赤色は、ちょうどいまの浜名湖の日暮れの色だ。

あの男は供も連れずいきなり工房に現れて、みずから威糸を選んだ。なぜその色を選んだのかと問うと、こう言った。

「守りたい景色と、ともにおれる」

義元はなにに成ろうとしたのだろう、と思った。

「おれみたいな具足師にわかるわけがねえ、そんなこと」

具足師は合戦に往《ゆ》く者の命を守るために具足を作る。

合戦は尽きることがないからだ。

合戦を商売としている。それを恥と思うには、光貞は歳をとりすぎた。

帰り道、見知った漁師から、夕飯用に鰈《かれい》を三尾買った。マサにやると、すこし機嫌が直った。


稲刈りが終わったら武田が攻めてくる、というマサの言葉のとおり、光貞の工房にはひっきりなしに人が訪れた。宇布見《うぶみ》や浜名湖対岸の新居《あらい》、鷲津《わしづ》、遠くは井伊谷の山侍までもがやってきて、具足を求めたり、修理を依頼する。

みな一様にこう言う。

「こんどの武田は本気だで。遠州ぜんぶ火の海になる」

家康の具足は、前胴と後胴、頭形兜、その他籠手や草摺、脛当の打出しを三日かけて終えると、金箔を張り、漆を塗っていく。ここからが根気のいる作業だ。薄く透き漆を塗り、一日かけて乾かし、最低三度は重ねて艶《つや》や厚みを出す。この技法を白檀塗という。

「もうちっと日がいただけたらよかったんですがね」

二度目の漆を塗った具足を眺め、新吉が言う。ほんとうなら乾燥に各三日はかけたいところだ。乾燥に時間をかけるほど、地色が明るく出る。光貞が浜松城で見た金陀美具足は黄金《きがね》に輝いていたが、写しのほうは金は金でも赤みが強い。光貞はそのことが不満だった。

長雨の影響もあり、漆を乾かすのに手間どり、九月の末にようやく具足は完成した。八幡黒《やわたぐろ》という真っ黒な威糸で胴の胸取や草摺を威し、裏側に革を張った前胴と後胴を蝶番《ちょうつがい》で繋いで、草摺を揺糸《ゆるぎのいと》で胴に吊るせば、金陀美具足の写しが現れた。漆を磨いて、夜中光貞は工房で独り、金色の具足と向かいあった。

「なにかが違う」

手燭《てしょく》を掲げて四方八方から眺めてみる。持てる技術はここにすべて注《つ》ぎこんだと思う。だが、どうにも形《なり》が悪い。縅糸目が緩いか。胴の打出しに失敗したか。

違う。やはり「形が悪い」としか言いようがない。

こんなことははじめてだ。

作り直させてくれと願い出ることも考えたが、時間は残されていない。

工房の戸口で足音がして、マサが眠たそうに声をかけてきた。

「お父ちゃん、寝ないの」

「お前こそ、はやく寝ろ」

しばらく躊躇《ためら》ったのち、マサは戸口に立ったまま言った。

「徳川さまを勝たせてよ。お父ちゃんの具足で」

「具足は命を守るためのものだ。そんな力はねえ」

背を向けたままでいると、ぽつりとマサの声がする。

「わたし、堀江城で死にたくない」

武田が攻めてきたら、光貞たちは堀江城主・大澤基胤《おおさわもとたね》の命《めい》で具足方として籠城《ろうじょう》することになっている。とうぜん合戦にも動員されるだろう。籠城は一月か、半年か。無事で生き延びられる保証など、どこにもない。

すべては徳川家康が勝つか、負けるかにかかっている。

光貞は手燭の火を吹き消した。工房が闇に沈む。薄闇《うすやみ》のなかで光貞がじっとしていると、マサはため息をひとつつき、母屋に戻っていく足音がした。

鈴虫だけがか細く鳴いて、いつまでも耳に残る。

「くそっ」

光貞はがりがりと頭を掻きむしった。


十月三日、鎧櫃《よろいびつ》に収めた写しの具足を担ぎ、浜松城に登城した。

次の間にて待てと言われて待っていると、遠くから複数の怒声が聞こえてきた。

雷のような声が轟《とどろ》く。

「武田はもう甲府《こうふ》を出たという報もある。すぐ全軍にて迎え撃つべし」

「織田などあてにならぬ！　我らを捨て駒にする気ぞ。なんども後詰《ごづめ》の催促をしているが返事すら来ぬ」

どうやらいきり立った家臣が家康に出陣を促しているらしい。いっぽうでは家康を諫《いさ》める声もある。

「殿みずから御出陣などもってのほか」

「決戦は避けねばならぬ。遠州は徳川のものぞ」

しばらく言いあいがつづいた。光貞のみならず、控えの間にいたほかの御用商人たちも耳をそばだてて軍議を聴いている。しかし、肝心の家康の声は聞こえてこない。

あまたの家臣のあいだで、じっと背を丸めて座る家康の姿が思い浮かんだ。

半刻《はんとき》（約一時間）ばかり論争はつづいて結論が出ぬまま散会となり、御用商人たちのあとにようやく光貞が呼ばれた。不思議なことに対面の広間ではなく、蔵に呼ばれた。

城の北側に建つ蔵の前で、小姓《こしょう》を従えた家康が、松の幹に向かってなんども拳《こぶし》を叩きつけていた。

「……」

拳の皮膚が破れ血が滲《にじ》む。それでも声をあげず、家康は拳を打ちつける。光貞が来ているのは気づいているだろう。だが気が収まらない様子で、最後、家康は声にならぬ叫びをあげた。

肩を動かして息を整え、こちらを見ぬまま家康は蔵に入れ、と言った。

薄暗く黴《かび》の臭いがする蔵は、甲冑や兜を置いておく蔵であるらしく、葵紋《あおいもん》の入った鎧櫃が山と積まれている。

光貞が押しだした鎧櫃のなかの白檀塗具足は、ちらと眺めただけで、家康は蓋《ふた》を閉じてしまった。気に入らなかったか、と冷や汗が流れた。

「瑕疵がございましたか」

恐る恐る光貞が問うと、家康はそうではない、と言った。

「もしもの話だが、写しではなくお主にもう一領、具足を好きに作れと命じたら、どんなものを作るか」

質問の意味を量《はか》りかねた。雑兵《ぞうひょう》ならともかく、大名ほどともなれば、具足の意匠は注文によって決まる。意匠を決めるのは当人だ。だがそういう答えを望んでいないのはわかる。

「色々縅の胴丸にて――」

「ちがう」

言いかけた言葉をぴしゃりと遮《さえぎ》り、家康は顔を歪《ゆが》めた。

「もうよい、さがれ。銭は勘定方《かんじようがた》から受けとってゆくがいい。大儀であった」

やはり光貞が白檀塗具足に感じた違和感を、家康自身も感じているのだ。だがそれがなにか光貞にはわからない。客の要望に応えられぬ、具足師としてこれほどの屈辱はない。唇を嚙み深々と頭をさげて蔵を辞した。

後払い分の銭を貰ったところで、家老の酒井忠次と会い、光貞は十一月には浜松城に具足修理方として入るよう命じられた。堀江城の件を話すと、新吉はいいので光貞単身で構わぬから来いとのことだった。国主の命だから断れるはずもなく、了承して城を出る。

よく晴れあがった初冬の城下は、鎧櫃を担いだ雑兵や荷車でごったがえし、城を出て東へ向かう一軍もある。「厭離穢土欣求浄土《おんりえどごんぐじょうど》」と浄土宗の教えを筆で書きなぐった背旗《せばた》を掲げる一団は、三河の武士であろう。彼らは天竜川《てんりゅう》を越え、まず武田の攻撃にさらされる東遠江の二俣《ふたまた》城や高天神《たかてんじん》城の後詰に向かう。穢《けが》れた娑婆《しゃば》ではなく、極楽浄土を願う力強い筆致を、光貞は見送った。

「ついに戦さがはじまる」

くしくも光貞が浜松に具足を届けた十月三日が、武田信玄が甲府を出陣した日だった。

十日、武田方は駿河から遠江に侵入し、東海道をそれて海側を進軍、小山《こやま》城、滝《たき》境《さかい》城を陥《お》とし、十日あまりのちには東遠江の要《かなめ》、高天神城までもが陥《お》ちた。袋《ふくろ》井《い》、見附《みつけ》を経て天竜川東岸に到達した武田方は川にそって北上し、二俣城攻めに取りかかったという。

二俣城が陥ちれば天竜川から浜松城までが、がら空きとなる。

その日、急使が舟でやってきて、光貞にすぐ浜松城へ来るように告げた。

松の木を殴《なぐ》っていた家康の歪んだ顔を、光貞は思いだした。武田、織田という大大名に挟まれ、両者の利に翻弄《ほんろう》される徳川家。負ければ首を獲られて家は滅び、かといって戦わずに逃げだせば国衆たちの信を失う。

そんな男が真に望む具足とは、一体どんなものだろう。道具類を荷車に積みつつ光貞は考えようとして、やめた。

「おれなど一介の具足師には、わからぬ」

工房の片隅に、マサが貰った熊毛が置いてある。なんとはなしに、それも荷車に積んだ。

いつもと違い陸路で浜松を目指す。織田方からようやく、兵糧と三千余の後詰が来ると決まり、そのために浜名湖沿岸の船方《ふなかた》は待機が命じられていたからである。

小雨《こさめ》の降るなか、マサと新吉が村の木戸まで見送ってくれた。

「親方、お気をつけて」

「マサをよろしく頼む」

笠を被ったマサは、俯《うつむ》いたまま黙って弁当の包みを差し出した。マサと離れ離れになるのは、はじめてだと気づいた。しかも父の行くさきは敵が狙う徳川方本城、浜松城である。

光貞は、マサの笠に染《し》みる雨粒を、荒れた手で払ってやった。

「できるかぎり、やってみる」

なんとかそれだけ言う。マサはこくりと頷いた。

荷車を引いてゆるい坂を登り、本坂通《ほんざかどおり》を目指す。浜松から西方に伸びる道は二つ。一つは海側を通って浜名湖の南出口、今切渡《いまぎれのわたし》を渡る東海道の本道である。もう一つは浜名湖の北の山側の道で、浜松城から北上し、浜名湖を迂回《うかい》するように、刑部《おさかべ》城を経て本坂に抜ける、いわば東海道の裏道である。光貞は裏の道を使った。

坂を登ったところから振りかえると、重い雲が垂れこめ、鉛色《なまり》の湖面が寒々と広がり、堀江城と舘山寺のあたりは霧に煙っていた。湖に出る舟は一艘《そう》もない。すべてが死に絶えたような景色に、光貞はぶるりと身を震わせた。

「縁起でもねえ」

歩きだして二刻《ふたとき》（約四時間）後、街道に差し掛かると、北から五、六騎ばかりの騎兵が駆けてきて、大声をあげた。

「そこの荷車、止まれ！」

黒地に白い桔梗《ききょう》を染め抜いた見慣れぬ背旗である。甲冑も奇妙だった。頭形兜に面頬、素懸《すがけ》縅鎧、草摺、佩楯《はいだて》、籠手や脛当に至るまで、朱赤に塗ってある。朱漆の顔料《がんりょう》である辰砂《しんしゃ》は唐国《から》から輸入しなければならず、高価な代物《しろもの》だ。それを惜《お》しげもなく使った具足に、光貞は一瞬見惚《みと》れた。

「親方、武田の赤備《あかぞな》えだっ」

荷車を押す夫丸《ぶまる》の悲鳴で我にかえる。武田の赤備えといえば、光貞でも噂に聞く武田の精強部隊。それがなぜこんなところに。天竜川東岸の二俣城攻めをしているのではないのか？　驚きに棒立ちになっていると、馬は泥を撥《は》ね散らして光貞と荷車を囲んだ。

一人が鑓の穂先をぴたりと光貞の喉元《のどもと》に突きつける。

「荷車を検《あらた》めさせてもらうぞ」

逆らう術《すべ》などない。荷はすべて検められ、鑓を持った男が、面頬の奥から光貞を睨んだ。

「具足師か」

嘘をついていいことはなにもない。光貞は正直に話した。

「ああ。徳川さまに呼ばれて浜松にゆくところだ」

「ふうむ。お主家康のなんじゃ」

「徳川さまの具足を拵《こしら》えた」

男の目が光った。

「此度《こたび》の戦さで家康めの戦装束《しょうぞく》を知っている訳か。それはよい。我が殿の前で話してもらおうか」

「話したら解放してもらえるか。わしが浜松に着かねば逃げたと思われる」

「殿次第だな」

震える夫丸とともに光貞は、浜松とは逆の北に連れて行かれた。日暮れとともに本降りとなった雨が、体温を奪っていく。凍《こご》えそうになって半刻ばかり歩いてゆくと、野陣の篝火《かがりび》が突然現れた。光貞たちを追い抜いて、五十騎ばかりの、やはり朱赤具足の一隊が引き揚げてくる。

街道沿いの旅籠《はたご》の看板に見覚えがある。おそらく湖の北東、刑部《おさかべ》城のちかくだろう。光貞は野陣の中の、ひときわおおきな陣幕を潜《くぐ》った。炭桶に赤々と炭が積まれ、陣幕の中はあたたかかった。

隊を率いる将だろう、炭桶の脇に小柄な影があり、光貞を見ると顔をあげた。

「家康めの具足師とな。濡れ鼠《ねずみ》ではないか。まあ火に当たってゆけ」

勧められるままに、炭桶の脇に膝《ひざ》をつく。全身が弛緩《しかん》した。

ちかくで見てわかったが、男はかなり背が小さい。四尺半（約百三十六センチメートル）ほどの子供くらいしかなく、髭《ひげ》で隠してはいるが、上唇が裂けていた。この男も騎兵たちとおなじ朱漆塗の五枚胴を着ていたが、威糸が金色なのと、脇に置いた兜が先のすっと尖《とが》った桃形兜《ももなりかぶと》で、ほかの兵と違う洗練された趣《おもむき》があった。防寒のためか肩に南蛮物の羅紗《らしゃ》織物を羽織って、妙に色気がある。

凍えた手指をあたため、光貞は尋《たず》ねた。

「武田は二俣城を攻めていると聞いたが、なぜここにいる。浜松も陥ちたのか」

物怖《ものお》じしない態度が男は気に入ったようで、咎《とが》めなかった。

「わしは山県三郎兵衛尉昌景《やまがたさぶろうひょうえのじょうまさかげ》。わしの問いに答えられたら教えよう」

昌景は身長のわりに長い腕を伸ばして光貞の肩を抱き、声を潜めた。

「家康めの形《なり》を教えよ」

敵が大将の具足次第を知れば、戦場で「あれが家康ぞ」と狙われることになる。しかし断ればこの男は自分を斬り捨てるだろう。実際男の片腕は刀の柄《つか》の上にある。

ため息をひとつ、ついた。光貞は注文書に書いたそのままを説明した。

「ひとつ、鉄地白檀塗日根野頭形兜、五枚毎、黒糸縅。ひとつ、面頬。ひとつ、御具足は白檀塗仏胴で胸取縅は糸黒――」

「ははは！　家康負けたり」

すべてを聞き終えるまえに、昌景は大口を開けて笑いだした。

「なんと無粋な男よ、家康。その形、桶狭間・大高《おおだか》城兵糧入れの具足の写しではないか。講釈師から聞いたそのままだ。彼奴《きゃつ》の器《うつわ》は、今川家臣だったころからちっとも変わっておらぬということ」

ずばりと言い当てられ、光貞はひそかに肝を冷やした。大軍を率いる将とは、戦装束を聞いただけで本質まで見通すものなのか。

「ここ数年のうち、家康は本貫地《ほんがんち》のみを治めるそのへんの豪族から、三河、遠江二国を治める大名に格があがったわけだ。大名は戦さにおいて、みずからその『意志』を示さねばならぬ。馬印であり、四方旗《しほうばた》であり、最たるものが具足よ」

大名は、みずからの具足で「意志」を示す。

光貞が言葉にできなかった違和感が、突如輪郭を帯びはじめた。具足とは、単に攻撃から身を守るためのものではない。纏う者の内面を現出させるものなのだ。

前のめりになって光貞は問うた。

「徳川さまにふさわしき具足とはなんだ。おれはそれを知りたい」

「知らぬ。それはお主自身が考えること」

肩を落とす光貞を見て、昌景はにやりと笑い、口ひげを捩《ね》じった。もう刀の柄から手は離れていた。

「ふうむ、面白《おもしろ》くなってきた。我らも金きらきんの家康の首など獲っても、嬉しゅうない。具足師、浜松に急ぎゆき、ましな具足を着せて家康を出せ」

「命を獲らぬのか」

「まあな。そもそも、我ら武田と同盟していたのに、それを手切れとし戦う道を選んだのは、家康自身の『意志』。織田という後ろ盾があるにせよな。具足師、我らに大名の形をした家康を討たせよ」

大名としての家康。

それはなんだ、と光貞は唸《うな》った。彼の内面などわかるはずもない。

話はおわりだ、と昌景は立ちあがる。

「約束だから、はじめのお主の質問に答えよう。我らは別動隊よ。信濃《しなの》から奥三河を攻め、三日前に井伊谷を陥として、着陣した」

「別動隊……」

みな遠州人は、「武田は東から来る」とばかり思っていた。しかしいま昌景が言った経路は山深い信濃、三河の国境《くにざかい》ばかりである。

「数日ここにおって、祝田《ほうだ》や三方ヶ原に出兵し、家康めに泡を吹かせてやる」

「戦さがうまいな、信玄は」

素直に思ったままを言うと、昌景は満足げに鼻を鳴らした。

「であろう」

一晩なぜか山県昌景の陣で寝床と飯までも与えられ、雨のあがった翌朝、光貞は朝靄《あさもや》のただようなか、陣を出て浜松に向かった。祝田の坂を登りきると、三方ヶ原のあたりはだだっぴろい台地となっていて、台地の下に霧が落ちてゆく。

荷車を押しながら夫丸がほっとした様子で言った。

「生きた心地がしませんでしたな。赤い具足の奴らをしばらく夢に見そうです」

一切を朱赤で染めた男たちが疾駆《しっく》してくる様は、たしかに鮮烈に映った。見ただけで敵の戦意を喪失《そうしつ》させる。それも具足の持つ役割だろう。

「おれにもできるだろうか」

光貞の呟きは、朝靄のなかに吸いこまれて消えた。

昼頃、浜松城に無事たどり着いた。

　こんどは家康はもちろん、酒井忠次にも会うことは叶《かな》わず、工房がわりの城下の一軒家に通された。案内《あない》してくれたのは三河の出だという侍大将だった。光貞とおなじ年頃の痩《や》せぎすの男で、荷ほどきすらも手伝ってくれた。

「かたじけなし。御名を御聞かせくだされ」

　光貞が名前を尋ねても、侍大将は名乗るほどの者ではない、と手を振る。そして作りかけの桶川胴に目を留めて、ほう、と目を見開いた。

「丁寧《ていねい》な作りじゃ。今川さまの具足が緩んだというのは、やはり嘘か」

　この男も桶狭間の一件を知っているらしい。目があうと彼は微笑《ほほえ》む。

「浜松さまは御寛大な御方。なにせ三河一向一揆《いっこういっき》で敵に回ったわしを許すほどじゃ。そなたの不遇も見過ごしておけなかったのだろう。みなには、よい具足師が来たと触れておく」

　そこからひっきりなしに男たちが具足を直しにやってきた。東遠江の戦線での疲弊《ひへい》を表すように、ひしゃげたり、鎧でずたずたに切り裂かれた札《さね》と威糸、なかには火縄銃の弾でへこんだ胴すらあった。

　黙々と光貞は具足を修理していった。また、城の使いに大量の鉄で五百個の寸鉄を作るよう命じられ、目も回るような忙しさとなった。

夜になるとようやく一息つき、作りかけの桶川胴を作業台に掛けた。横板矧の二枚胴で、まだ揺糸《ゆるぎのいと》で胴に吊るしていないが、草摺は七間五段下がり。どこにでもある当世具足だ。百人を率いる侍大将あたりが着用する、量産型の具足だった。

これに手を入れ、戦国大名・徳川家康の「意志」を宿らせる。

「家康、お前にはどんな意志がある」

死にたくない、と言ったマサの鼻声が蘇《よみがえ》ってきた。

あれはマサだけでなく、遠江の、いや乱世に生まれたすべての者の願いだ、と光貞は思い、黒の威糸を胴の穴に通した。

三

戦線は膠着《こうちゃく》状態となった。刑部から祝田に陣取った山県の別動隊がちょくちょく三方ヶ原あたりまで出張ってくるため、二俣城に援軍を出すこともままならない。十二月一日朝、その二俣城がついに陥ちた、との報が飛びこんできた。

山側を押さえられていたため、なかなか来られなかった織田方の後詰が、その数日後、浜名湖海側の今切渡《いまぎれのわたし》をわたってようやく浜松に到着した。佐久間信盛《さくまのぶもり》率いる三千余の兵は徳川勢に歓呼《かんこ》をもって迎え入れられた。

小雪すら舞う師走《しわす》二十二日の昼頃、ついに武田本隊が天竜川を渡ったとの報が飛びこんできた。工房の外で雑兵が喧《かまびす》しく騒いでいる。

「いよいよ籠城戦か！」

「いや、武田は浜松を素通りして祝田に向かっているそうだ。堀江城を攻めるつもりじゃねえか」

光貞の胸が跳《は》ねた。堀江城は浜松城の兵糧蔵ともいえる城で、武田はまず兵糧の手を断とうとしている。なにより、堀江城にはマサと新吉がいる。

二万とも三万ともいう大軍に囲まれ、惨《むご》たらしく屍《しかばね》を晒《さら》す無数の人の山。

ぞっと背筋が凍った。

まだ仕あげが終わっていない桶川胴を鎧櫃に突っこみ、道具袋を引っ摑《つか》んで、光貞は家を飛び出した。ちょうど城からの使者が来て、工兵方として同陣せよ、と急いで告げる。工兵方とは、後方で得物《えもの》、具足の修理をする部隊のことだ。

「御大将みずから御出陣なさるのか」

問うと使者は頷いた。

「堀江城は要の城。見過ごしてはならぬとの仰《おお》せ」

頰にはりつく雪を振りはらい、城の北門へ向かう。すこし雲が晴れて、薄紅色の弱光に鑓の穂や兜の立物が煌《きら》めいていた。太鼓《たいこ》が鳴り、本多忠勝《ほんだただかつ》が鑓を掲げて諸将を焚《た》きつけた。黒糸で威した黒い胴丸に、鹿角《かづの》の脇立《わきだて》、獅子嚙前立《ししがみまえだて》の黒塗十二間椎《しいのみ》実兜と黒ずくめの具足姿に、斜めに掛けた大数珠《おおじゅず》が、戦場の僧兵のごとき佇《たたず》まいである。

「堀江城は我らが兵糧蔵。みすみす陥とされては、面目を失うばかりか、喉元に刃《やいば》を突きつけられるようなもの」

もう一人の将、榊原康政《さかきばらやすまさ》が太刀を抜いて諸兵を鼓舞《こぶ》する。こちらも黒糸縅の二枚胴は黒漆で塗られ、兜は三十二間筋兜、鞠は伊予札《いよざね》をこれも黒く塗り五段重ねた手のこんだもので、前立は不動明王剣を模したものである。

二人とも当世具足として流行を取り入れながら、剛健で実直な三河気質が色濃く表れた戦装束だった。

「各々がた、ここが決戦場也《なり》」

おーっと鬨《とき》の声がかえる。戦さのまえの、血流が迸《ほとばし》るような熱狂に光貞は吞《の》まれた。足が竦《すく》んで動かない。思えば、駿河に来てより具足を幾百幾千と作ったが、兵として合戦場に出るのははじめてだ。戦さを知っていた気になっていたことを恥じた。

申《さる》の刻《こく》（午後四時）、押し太鼓の音とともに城門を開いて、まずは本多忠勝、榊原康政ら先手衆《さきてしゅう》が鳳来寺道を北へ走りはじめる。つぎに佐久間、平手汎秀《ひらてひろひで》の織田後詰。つぎに酒井忠次、平岩親吉《ひらいわちかよし》、鳥居元忠《とりいもとただ》、大久保忠世《おおくぼただよ》・忠佐《ただすけ》兄弟、石川数正《いしかわかずまさ》ら徳川譜代《ふだい》、そして大将・徳川家康。最後に工兵隊がつづいた。

三方ヶ原台地の突端にある犀《さい》ヶ崖《がけ》付近を登れば、強い北風に雪がごうと吹きつける。

「武田本陣、およそ二万五千！」

三方ヶ原台地は北にゆくほどすこしずつ高くなっており、最後陣の光貞からも敵の陣容が見えた。徳川方が討って出ることなど、はじめからわかっていたような、みごとな前備えがひろい魚鱗《ぎょりん》の陣を組んで、紺地の風林火山《ふうりんかざん》の軍旗がばたばたと音を立てている。

陣太鼓がひとつ、鳴る。

敵の前備えが、ざ、と動く。

眠っていた虎が、頭をもたげたように見えた。

はじめは礫《つぶて》合戦となった。敵味方が礫を投げあい、頭に礫が直撃した兵がつぎつぎ後陣に運ばれてくる。光貞も兜を脱がし、手当をした。凹《へこ》んだ兜は打ち直して兵を前衛に送りかえす。合戦とはいがいと穏やかなものだ、と思った。

それは間違いだった。

礫合戦から半刻すぎたころ、味方の陣が「くるぞ！」と騒がしくなった。

茫々《ぼうぼう》の草原を、はじめは、とと。つぎにどどど、と。しだいに音が大きくなり馬《ば》蹄《てい》が地面を揺るがした。耳をつんざくような雄叫《おたけ》びがして、敵騎兵が横十列に突っこんでくる。その姿を見たとき、光貞の体は硬直した。

「山県の赤備え――」

先頭の黒馬に跨《また》がるひときわ小さな男の、桃形兜がちらりと見えた。

赤一色の馬群が津波のようにこちらに襲い掛かる。太刀を振るって斬りこみ、さっと引いては、崩れたところを見定めてまた斬りこんでくる。

侍大将の野太い声が響いた。

「列を崩すな。長鑓で刺し殺せ」

第一波を凌《しの》いでもまた次がくる。赤備えを目隠しに、こんどは右翼から別の隊が押しよせた。織田の後詰が狙われ、横合いから不意を突かれた織田方は大混乱に陥った。

うっすら雪の積もった台地に、血が染みこんでゆく。ひとしく屍に雪が降りかかる。

前備えはあと半刻も持たないだろう。

前備えが崩れれば、大将の陣までそう厚みはない。

そのあいだにも負傷兵はつぎつぎ運ばれて、ほとんどは事切れて死んだ。あるいは介錯《かいしゃく》して殺した。具足を直す暇《いとま》などない。光貞も念仏《ねんぶつ》を唱えながら五人の命を絶ち、温かい血で手を濡らした。足をやられた兵は泣きながらあたりを這《は》いずっているが、どうしようもない。

「一度敵の勢いを止めないと……」

奥から丸い球と火縄を積んだ手車が数台、押し運ばれてきて、光貞も一台を渡された。素焼きの半球をあわせて縄で括《くく》ったもので、端から導火線の縄が出ている。伊勢《いせ》や瀬戸内《せとうち》の海賊衆が使うという焙烙玉《ほうろくだま》か、と思った。

「もう手当はよい、これを前備えに運べ」

凍える手足を動かし、倒れた兵を踏み越え、前へ押し出る。敵味方入り乱れ、喉を掻き切られ手足をばたつかせながら人が絶命していく。光貞の全身からは汗が吹き出し、ますます体が冷える。耳元で心臓が割れんばかりに鳴っている音が聞こえた。

黒鎧の本多忠勝が、光貞たちの手車隊を見つけて大声をあげた。

「ようし、これで敵の勢いを削《そ》ぐ。火をつけて思い切り遠くへ投げろ！」

火をつけた火縄で導火線に着火すると青白い煙が流れた。急いで前へ投げる。夕闇に沈む人の群れのなかに落ちて玉は見えなくなった。失敗しただろうか、と思うと鈍い爆発音がして、ぎゃっという悲鳴とともに焼け焦げた臭いが漂った。近くにいた味方の兵の兜が凹み、突然倒れこむ。なにが起きたのかわからなかった。

足元に焼け焦げた寸鉄が転がってきて、ようやく光貞は理解した。自分が作った寸鉄が焙烙玉の中に幾十も仕こまれていたのだ。火薬が爆発し、それとともに焼け焦げた寸鉄が四方八方に飛び散る。まるで百もの火矢を射るごとくの威力がある。

もっとも動揺したのは敵先手の馬であった。驚いて後脚で立ちあがり、振り落とされる兵が続出した。乱れた敵戦列につぎつぎ焙烙玉が投げこまれ、こんどは馬ごと吹き飛ばされた。

使番《つかいばん》が駆けのぼってきて、本陣、家康の命令を伝える。

「惣《そう》がかりせよ！」

本多忠勝が鑓をひと回しして吼《ほ》えた。

「さすがは我が殿。まだ萎《な》えちゃいねえ」

榊原康政も駆けあがり、押し太鼓の音とともに、味方は息を吹きかえして前進しはじめた。押されていた織田後詰も戦列を立て直し、徳川方とともに反撃をはじめる。光貞は空になった手車を押して工兵隊に戻り、ふたたび焙烙玉を積んで前備えに戻った。

命を守るはずの具足師の自分が、人を殺す寸鉄を作った。

それとどうじに、これは戦さなのだ。殺さねば自分が死ぬだけだ、という思いもある。

「考えるな」

焙烙玉を手に取ったとき、前方で鉦《かね》がひとつ、鳴った。

清らかな音だった。

それまで浮足だっていた敵陣が静まりかえり、奥から馬廻りに守られた敵将が一人、静かに進みでる。

獅子嚙の前立と、䩼《しころ》にふんだんにつけられたヤクの白毛、金色の面頰はやや俯きがちで、口から白い息ばかりが流れている。緋《ひ》色の戦袈裟《けさ》の下に、色々縅鎧がちらりとのぞく。

　誰かが震える声で言った。

「信玄坊主《ぼうず》だ……」

　光貞の目には、山から降りてきた神鹿《しんろく》のように見えた。

　赤備えの具足よりもっと強大な、一目で尋常《じんじょう》ならぬ気配を纏う姿。この具足を作ったであろう甲斐《かい》の具足師には、きっと天下のすべてが見えている。

「これが大名の具足」

　山県昌景が家康にふさわしい具足は自分で考えろ、と言った意味がようやくわかった。それまで光貞は家康の内面を探ろうとしたが、それだけでは駄目なのだ。具足は、おおくの者の思いを託してなお耐えられるものでなければならない。人の望む形《かたち》に成る。それが大名。

　敵総大将、武田信玄はゆっくりと手にした采配をあげ、振りおろした。ほかの音が聞こえなくなるほどの鬨の声が、空気を震わせる。狂ったように叫ぶ人の波が押しよせ、乱戦となった。忠勝が鑓を振るって怒鳴り声をあげる。

「耐えろ！　決して抜かせるな」

　弾《はじ》かれたように光貞は走りだし、工兵隊に駆け戻ったところで、あの痩せぎすの侍大将に呼び止められた。顔を歪め、肩で息をついている。劣勢を聞き浜松城から急いで駆けつけたとのことだった。

「春田どの！　探しておった」侍大将は光貞が背負った鎧櫃に目を遣った。「その鎧櫃。替えの具足が入っているな。本陣へ参るぞ」

光貞が背負う鎧櫃は、浜松に着いてから仕事の合間を縫《ぬ》って秘《ひそ》かに作りつづけてきた例の桶川胴だ。本陣などに勝手に行っては叱責を受けるのでは、と光貞が迷っていると、侍大将は言った。

「わしがおれば大丈夫じゃ。御大将《おんたいしょう》の御命がかかっている、その具足を借りたい」

侍大将は雑兵が背に差していた背旗を貰い受け、歩きだす。いつか見た「厭離穢土欣求浄土」が下手《へた》な字で書かれていた。背を向けた侍大将の髷《まげ》は、落とされていた。恐らく遺髪として残してきたのだろう。それでなにを企《たくら》んでいるのか、光貞は察し、心を決めた。

「御供いたしまする。御名を、聞かせてくださりますな」

「六栗《むつぐり》城主、夏目吉信《なつめよしのぶ》」

振りかえり恥ずかしそうに笑う男は、侍大将どころではない。一軍を率いる将だった。三河一向一揆で一時は家康に敵対したが、帰参を許された気骨の士である。

「前備え、残り三段」

「成瀬正義《なるせまさよし》どの御討死ッ」

　夏目吉信のあとについて辿り着いた本陣では、使番がつぎつぎと凶報を知らせている。金色の具足を着た家康は床几《しょうぎ》にじっと座って、周りを酒井忠次、平岩親吉ら股肱《ここう》の臣に囲まれていた。古式ゆかしい色縅鎧の胴丸を着た酒井忠次が低く言った。

「もう持ちませぬ。某《それがし》が路《みち》を拓《ひら》きますゆえ、御退《ひ》きください」

　家康は顔を真っ赤にして突然怒鳴った。光貞が採寸のときに見た鷹揚《おうよう》な人物と同一とは思えないほどの、癇癪《かんしゃく》声だった。

「わし自ら太刀をとって斬りこみ、松平三河守ここにありと名を残して死ぬ！　後世の笑いものになるまいぞ」

　松を無言で殴りつけていた秘めたる激情。

　武田との同盟を破棄し敵対を選んだ剛毅《ごうき》。

　これが、家康の「本《ほん》」だ。

　床几から立ちあがり、馬に乗って駆けだそうとする家康を、臣たちが必死で押しとどめる。前備えがついに崩れ、どっと赤備えの騎兵たちが中段に駆けこんできた。

「金ぴかの虚仮《こけ》おどしが家康ぞ！　手柄とせい」

口々に言い、逃げ惑う足軽たちを突き殺してゆく。

家康は絶叫した。

「あのように笑いものになるくらいなら――」

つかつかと夏目吉信が歩み寄り、突然家康の横頬を殴りつけた。

「殿は、大名にあらせられるぞ！」

辺りが静まりかえる。吉信はつづけた。声には怒りと悲しみがないまぜになっていた。

「三河岡崎城主の殿であれば、華々しく御討死して安祥《あんじょう》松平家の家名を高め後事を嫡男信康《のぶやす》さまに託す、そういう散りかたもあったでしょう。だが、いまの殿は、三河遠江二国を治める大名にあらせられる。わしらが、あなたを望んだのです」

光貞は無言で進みでて、家康の前に鎧櫃を置いた。

「替御具足にございまする。白檀塗具足を御脱ぎくだされ」

これが夏目吉信の企みだった。敵によく知られた金色の具足では、逃げても目立つばかりだ。具足を替えて逃がす。

残った金色の具足は誰が着るのか。そのさきを、光貞は考えないようにした。

酒井忠次が激高する。

「無礼な、御大将に具足を脱いで逃げよと申すか」

光貞は凍れる地面に手を突き、頭をさげた。

「夏目さまの仰《おつしや》るとおりだ。あなたの肩には徳川家康となんの縁《ゆかり》もなき国衆や民《たみ》草《くさ》の命がかかっている」

顔をあげて家康の目を見る。惑い揺らぐ国主の瞳を覗いたとたん、抑えていた思いが声となって喉を食い破った。

「頼む、おれたちを守ってくれ！」

かじかみ、真っ赤になって震える己《おのれ》の手を、光貞は涙をためた目で見つめていた。

しばらく沈黙があった。敵の押し太鼓、馬蹄の音、剣戟《けんげき》の音がちかづいてくる。

低く家康が言った。

「介添《かいぞ》えせよ」

白檀塗具足を脱がせ、鎧櫃から替具足を出す。

「これは……」

頭形兜に日根野鞠。横板矧桶川胴。なんの変哲もない侍大将の具足、だったもの。

いまは兜、胴、籠手、草摺にいたるまですべて熊毛が張られている。まるで闇夜に溶けこむ熊そのものである。あくまでも飾り毛として熊毛を用いることはあれど、全面に熊毛を張った具足など、光貞も見たことも聞いたこともない。

家康に着せると、あたりから苦笑《にがわら》いが漏れた。

「これは、その。殿らしいというか」

「はは、お似合いでございますぞ」

家康は不思議そうな顔で自分の具足を見ていた。

「これがわしの形か。堅牢《けんろう》で、愚直な熊か」

悪くない、と呟きが聞こえた。

家康が脱いだ白檀塗具足を着た吉信は、腹を叩いた。

「やあ、殿が肥えなさるから、わしではぶかぶかですぞ」

周りもつられて笑いが起こる。その具足を身に着けるということは、家康となって戦場に残り——死ぬということだ。

馬に跨った家康がなにかを言いかける。

「夏目お主、一度わしに逆ろうたことをまだ気に病んで――」

吉信は、さっぱりとした顔で馬上の家康を見あげた。

「あなたは、命を賭けるに足る御方。それだけです」

酒井忠次、平岩親吉を先頭に家康の左右を馬廻りが守り、一団となって本陣を討って出た。忠次が馬上鑓を振るって敵を斬り伏せ、血路を切り拓く。家康は鐙《あぶみ》を踏んばって立ちあがり、前線を見遣った。

「夏目、みな。わしの姿を目に焼きつけておけ」

みな涙をこらえ、いっせいに馬の腹を蹴って四方に散った。光貞は家康が退くのを追いかけ、前線へ向かう夏目吉信の誇らしげな声を背で聞いた。

「みよこの金色の美しき具足を。我こそは徳川三河守《みかわのかみ》也。首を獲って手柄とせい」

真っ暗な道を馬廻り衆が篝火で先導してゆく。冷気が渦巻いて全身が震え、歯ががちがちと鳴った。手先はすでに感覚がない。

浜松城の火よ、はやく見えてくれ、と徒歩《かち》であとを追う光貞は祈った。

馬上の家康は熊毛の具足に、夏目吉信が残した「厭離穢土欣求浄土」の背旗を差し、前だけを見つめていた。その頬には絶え間なく凍れる涙が流れているのに、ようやく追いついた光貞は気づいた。

うつろな声がする。

「成瀬も、夏目も、わしが殺した」

古くからの臣である平岩親吉が、慰めるように言う。

「仕方ありませぬ。戦さは尽きぬ習いゆえ――」

激した声がかえる。

「嫌だ、わしが終わらせる！」

厳めしい顔で石川数正が励ます。

「大望なれば殿、この戦さ生き延びてくださりませ」

馬首を高くあげ、家康は怒鳴った。

「もっと望みを言え、わしはわし自身の形がまだわからぬ。人が望むなら、望むものになれる」

酒井忠次が言った。

「三河、遠江のみならず、もっとおおくの国を治める大名になりなされ」

「もっとだ、もっと望め！　わしは神仏に誓う。お主たちを、いや天下の人々の命を守る。乱世を終わらせる。それがわしの大名としての意志だ」

とつぜん家康は後ろを顧みてこちらと目をあわせた。涙と鼻水を流す家康の顔は輝いて、驚いて光貞は足を止めた。

「命を守るはずの具足師に人を殺させた。お前の望みを言え、春田光貞」

光貞は、ようやく一歩踏み出した。

——おれの望みは。

「その具足が、わしの答えです」

家康は泣きながら微笑んだ。

「戦さが終わったらなにを作るか考えておくがいい。具足師など食い詰めだぞ」

前方の道端で百姓たちが火を焚き、手を振っている。湯を沸かし、米を握って待っていたのだ。老婆がよろよろと進みでて、白米の握り飯を捧げた。

「浜松の殿。これで元気を出してくだせえ」

百姓にとって白米は年に数度食えるかどうか、貴重なものである。毒が入っているかもしれない、といきり立つ馬廻りを制止し、馬上で家康は深々と詫《わ》びた。

「すまぬ。信玄坊主に負けた」

百姓たちは口を開けて笑う。

「その具足、無骨だがいい形をしてらっしゃる」

「いい負けぶりじゃ。きっと生き延びなされよ」

家康は握り飯を三つ食らい、百姓一人ひとりの肩に手を置いた。

「もっとわしに望んでくれ」

頭をさげ、家康たちはふたたび走りだした。

浜松城の火が、見えはじめている。

四

落ち延びてくる将兵のために篝火をたき、太鼓を叩いて浜松城の城門を開け放つ。本多忠勝、榊原康政、大久保忠世、忠佐、鳥居忠広《とりいただひろ》、渡辺守綱《わたなべもりつな》、将兵が落ちてくるたびに家康は手を取り、抱きしめて迎えた。

傷一つ負わず戻ってきた本多忠勝は、家康の具足を指さして笑った。

「殿、なんじゃその態は！　はは、いいな。似合《にお》うておる」

このまま籠城戦になるかもしれず、光貞は将の具足を直してまわり、夜が白みはじめるころ、浜松城の石垣に座ってようやく一息ついた。雪はやんで、うっすら白くなった大地の向こうにかすかに遠州灘《なだ》が見え、小豆、代赭、櫨色、月白と世が色を変えてゆく。

今川義元がこの色を威糸に選んだ理由がいまならわかる。

大名はみずから成るのではなく、人々が大名を作る。だからこそ、人は大名を見定め、みずからの意に添わぬことがあれば、引きずりおろしもする。昨晩握り飯を手に迎えた百姓たちも、徳川よりも武田を選んだなら手に刀や鍬《くわ》を持って家康を襲っただろう。

人々は、徳川家康を選んだのだ。

光貞はそっと呟く。

「おれも、その一人か」

炊き出しが行われ、家康が浜松城の櫓《やぐら》から声を張る。脱いだ熊毛具足を松の木にかけて、みなに触れて回る。

「みなたんと食え、あの具足のように堅牢であれ。わしらの国のために」

明るい声が兵たちのあいだからかえる。光貞はしばらく石垣に座って、朝陽が己の体を温めてゆくままに遠くを眺めつづけた。

武田方はそれ以上浜松城を攻めることはせず、数日堀江城を囲んだのちに退いて、刑部にて越年し、なぜか三河へと兵を進めた。噂に過ぎないが、三方ヶ原の合戦での首実検で、信玄は血を吐いたという。病が重いとのことだった。

山の神鹿も死ぬのか、と思った。

だが人は死んでも、その形を写した具足は残り、武威《ぶい》を人々に伝えるだろう。

正月松の内も過ぎたころ、ようやく光貞は堀江に戻ることができた。熊の具足を気に入った家康から、正式に具足を作るように命じられて、道具を取りに帰るだけだったが、光貞の足は軽かった。坂の上からは光をたたえた浜名湖が見え、舘山寺の山から寺の鐘が響いている。舟は、いつものとおりにたくさん出ている。

「父ちゃん！」

坂の下からマサと新吉が走ってやって来る。光貞は手を挙げようとして、ふと己の皺《しわ》だらけの節《ふし》くれだった掌を見つめた。人を守るもの、殺すものの区別なく、ものを作る掌を。

戦さは、尽きぬものだと思っていた。光貞が生まれるはるか前から戦さは絶えぬし、具足師が日《ひ》の本《もと》じゅうに出稼ぎにいく。それが、乱世を終わらせると明言する男が現れた。

「戦さが終わったら、具足でのうてなにを作ろう」

愉快だ、と思った。

熊毛植黒糸縅《うえくろいとおどし》具足は、いまも徳川美術館に収蔵されている。
ずんぐりとした形は、家康の若き日の形《なり》をいまも残している。

伊賀越え

新田次郎

一

天正《てんしょう》十年（一五八二年）六月二日、堺《さかい》の町は常と変りなく朝を迎えた。

烟霧《えんむ》が晴れると、海からの微風が、港の騒音を市街へ運ぶ。商業都市の朝の表情は活気に満ちていた。

妙国寺《みょうこくじ》に宿を取った穴山梅雪《あなやまばいせつ》は、坐ったまま眼をつむって外の音を聞いていた。色々の物音があった。人の声、車の音、これといった特徴はないがそれ等の物音が一緒くたになって作り出す、雑音の中に、一つだけ飛び離れて、妙に甲高《かんだか》い男の声があった。人を説得しようとする声のようでもあるし、時によると、なにかの不満をあたりかまわずぶちまいているというふうにも聞えた。梅雪はその声が気になった。

「なんだな、あの声は」

梅雪は眼を開いて、家来の須山三左衛門に言った。

「お耳ざわりになりましたか、あれは、この寺の者、少々あたまがおかしく、あのように、妙なことを言うのだそうでございます」

「気違いか」

梅雪は庭に眼をやった。

織田信長《おだのぶなが》の勧誘で徳川家康《とくがわいえやす》と同行して、堺へついてから二日目の朝であった。

「三左衛門、松井友閑《まついゆうかん》どのからはまだ連絡はないか」

政所《まんどころ》松井友閑は織田信長の命によって、徳川家康と穴山梅雪の接待役をまかされていた。二十九日に堺に入り、前日の六月一日は茶の湯と寺院の見物、六月二日は場所をかえて、茶の湯、舞、酒宴と予定が組んであった。

「まだなんの連絡も……」

おそいなと梅雪が言った時、眼が光った。三左衛門はその眼に射られたように頭を下げた。長年仕えて来た主人であったが、怖《こわ》い眼であった。眼も怖いが、梅雪の風貌《ふうぼう》は、時によると、ひどく相手を畏怖《いふ》させた。三左衛門はこういうふうに主人を感ずる日には、なにかきっと大きな事件が持上るのではないかと考えた。穴山梅雪は異相の人であった。吊《つ》り上った大きな眼のまなじりは裂けたように鋭く、頬骨《ほおぼね》は高く、青く剃《そ》った坊主頭《ぼうずあたま》は偉大な巾着頭《きんちゃくあたま》であった。

「使いを出しましょうか」

「それには及ばぬ……いまに分る……」

梅雪は、松井友閑よりも、友閑のところに泊っている家康から今朝《けさ》にかぎってなんの音沙汰《おとさた》もないのに、不審を覚えていた。朝のうちに茶の湯の会合がある筈《はず》だった。日はずっと高くなっていた。

梅雪は二、三の供の者を従えて寺の庭に立った。寺の中で聞いた、堺の町の騒音は、庭の土を踏んでいると聞えなかった。

坊主頭の男が、地面を見つめたまま庭を歩き廻っていた。ひっきりなしになにかしゃべっている。その男には、寺の賓客《ひんかく》は念頭にないようだった。鐘楼《しょうろう》をぐるっと一廻りすると、穴山梅雪主従のいる前を斜めに通って、池のふちを一廻りし、鐘楼に引返していった。鐘楼と池を8の字に廻っていた。

男の穿《は》いている草履《ぞうり》が、よくしめった庭の土に音を立てていた。しゃべっている言葉はどうやら和尚《おしょう》の説教の真似《まね》ごとのようであったが、一貫した意味はなさなかった。土に向って力一杯の説教を試みているといったふうであった。

寺の門に馬が止った。商人の服装をした小男が庭に立っている梅雪主従を見ると、走って来て、前に手をついた。

「一大事でございます……」

服装は商人風だったが言葉遣《づか》いは武士であった。

しかし、梅雪はその小男の顔はろくろく見ずに、鐘楼を一廻りして、こっちへやって来る気違い坊主の方へ眼をやっていた。

「中で聞こう」

梅雪は小男を居間に入れた。

「落着いてゆっくり話せ、要点だけをはっきりとな」

小男は遠いところを駆け続けて来たものと見えて、ひどくつかれた顔をしていた。

「明智《あけち》日向守《ひゅうがのかみ》様《さま》御謀叛《ごむほん》にございます。今暁《こんぎょう》未明、本能寺《ほんのうじ》にて右府《うふ》様は御最期、二条御所にて織田信忠《のぶただ》様も御自害……」

「そうか……」

本能寺の変を知った穴山梅雪の顔は、意外に静かであった。予期していたことが起きたなという顔であった。

梅雪は男に固く口止めしてから、須山三左衛門を呼んで、京都の変事を告げた。

「直《す》ぐ徳川様にこのことを」

だが梅雪はそれには答えず、

「急ぎ出立《しゅったつ》の用意をしろ、もはや見物どころではない、急いで江尻《えじり》の城へ帰ることだ」

　徳川家康の家来が馬で来たのはその直後であった。

「右府様よりの急なお召しがありましたから、即刻京へ向って出発いたします。御同道願いたい」

　口上《こうじょう》はそれだけだった。

「なんのお召しでしょうか」

　梅雪はとぼけて聞いた。

「さあ、拙者《せっしゃ》は存じませぬ」

　使者には落着きがなかった。せかせかした、物の言い方でもあるし、用件だけ告げるとすっとんで帰りたい顔だった。

「一応、徳川殿にお会いしたい」

　そういう梅雪の顔を使者はじろりと見て、殿は今出立の準備でおいそがしいから会えるかどうか分らないと言った。

　穴山梅雪は二騎を従えて、松井友閑の屋敷に走った。家康の一行は既《すで》に出発の直前であった。

「なにしろ急なお召しだから……」

それでも家康は梅雪を彼の部屋に招じて言い訳のようなことを言った。

「もしや、京都に変事でも……」

梅雪は家康の前へにじり寄って言った。

「変事？　まさかそんなことが起る筈《はず》がない、至急に上京せよと言われるから、我々はその通りすればいい、右府様は短気だからな」

家康は座を立ちかけていた。

（本当のことを言わないのだな）

その瞬間梅雪は家康との間に大きなへだたりを感じた。

（本能寺で信長が明智光秀《みつひで》に討たれた。一刻も早く本国へ引き上げないと、明智の手が廻る）

一言言えばすむことを言わないあたりに家康の心の中が見えていた。

「御同道いたします」

家康の前を下《さが》って梅雪は廊下《ろうか》で京都の商人茶屋四郎次郎《ちゃやしろうじろう》に会った。梅雪の鋭い眼をまともに受けると茶屋四郎次郎は、ちょっとまごまごした顔をした。

「京都から参られたのですね」

梅雪は四郎次郎のほこりをかぶったままの旅装を見ながら言った。

「日中は暑いので、朝のうちにと思いまして……」

茶屋四郎次郎は語尾をにごらせた。

「それは大儀のことでした。一服されたがいいでしょう、顔でも洗ってな……」

梅雪は多分に皮肉をこめていった。

「いや、それが出来ない、来て見ると、徳川様は急に御出発……」

茶屋四郎次郎もかくしているなと梅雪は思った。なにか世の中に動きがあるときっと顔を出す。茶屋四郎次郎、梅雪はこの商人とのつながりを回顧した。

天正三年五月長篠《ながしの》の一戦で織田、徳川の連合軍によって、武田軍が大敗北を喫した直後、穴山梅雪に人を通じて会見を申し入れたのが茶屋四郎次郎だった。

「武田軍は合戦に負けたのではありません、鉄砲に負けたのでございます」

茶屋四郎次郎に言われるまでもなく、穴山梅雪はその原因をよく知っていた。

「つまり、鉄砲の売込みに来たのだな」

梅雪は戦乱をいいことに金を儲《もう》けて歩くこの商人を頭から軽蔑《けいべつ》したが、四郎次郎のいうことには一分《いちぶ》の嘘《うそ》もなかった。

梅雪は武田勝頼《かつより》に鉄砲を買うように献策した。

「鉄砲がないといくさには勝てないと言うのか、武田家には武田家の戦略がある、長篠の一戦には勝てなかったが、この次には必ず勝って見せる」

信玄《しんげん》の亡き後、なにかと言うと意見がましいことを言う、従兄《いとこ》の穴山梅雪を勝頼は嫌っていた。勝頼は梅雪の献言《けんげん》をしりぞけて置いて、長坂釣閑《ながさかちょうかん》の手を経て、鉄砲を購入した。

二度目に穴山梅雪と茶屋四郎次郎が会ったのは、武田家没落の直前であった。四郎次郎は鉄砲の見本を持参すると見せかけて、実は徳川家康の密命を帯びていた。武田家に見切りをつけて、徳川家につくならば、将来武田家の跡は梅雪の子勝千代《かっちよ》に継がせるという条件を持っていた。

天正十年二月二十七日、勝頼が織田信忠の軍を塩尻《しおじり》峠で防禦《ぼうぎょ》している時、梅雪は江尻で叛旗《はんき》をひるがえした。

武田家の運命はその時に決った。

「あなたに少々たのみがある」

穴山梅雪は廊下一杯に立ちはだかるようにして茶屋四郎次郎に言った。

「わたしにたのみと申しますと」

そういう茶屋四郎次郎の前に梅雪の魁偉《かいい》な顔がずっと近づいて言った。

「少々手元が不如意《ふにょい》になったからいくらか借用したい」

「今、直ぐと申しましても、旅中のことですから」

「商人はいかなる時でも金を持っている筈だ」

いやだと言ったならば、その場で刀でも抜きかねない顔をしていた。

「よろしいお貸しいたしましょう、だが、穴山殿、今日の金は少々利が高いですよ」

茶屋四郎次郎は、梅雪入道《にゆうどう》も京都の変事を知っているのだなと思った。四郎次郎の顔に微笑が湧《わ》いてすぐ消えた。

二

妙国寺の境内《けいだい》を気違い坊主は相変らず行ったり来たりしていた。前と同じコースをほとんどそのとおりに歩いていた。

穴山梅雪の供廻り二十八人は既に出立の用意をして待っていた。妙国寺の和尚が梅雪に別離の挨拶《あいさつ》を述べて引下ろうとするのをつかまえて、

「あの男はいつ頃からこの寺におるのかな」

と梅雪は顎《あご》を庭の方にしゃくって言った。

あの埀念《すいねん》でございますか、と和尚は困ったような顔をした。埀念は堺の商人鶴屋宋任が三月初め京都から連れて来て寺に依託《いたく》した男であった。来た時はなんでもなかったが四月頃から少々頭脳がおかしくなった。ある時期が過ぎると、全く常人となるそうですと答えた。埀念についてはそれ以上くわしくは知らなかった。

「あの埀念がどうかいたしましたか」

「あの男を申し受けたい」

梅雪はことともなげに言った。

「と申しますと……」

和尚には梅雪の唐突の申出が分らなかった。

「拙者も入道しておる。仏門の身から見るとあの男が不愍《ふびん》でならない。駿河《するが》の霊泉《れいせん》寺《じ》に連れて帰って、あのあたまの病気を治してやりたい、埀念を呼んでくれ」

埀念は和尚が坐れと言っても立ったままだった。年齢ははっきりしないが、五十は過ぎているように見受けられた。眼の吊り上ったところと偉大な巾着頭が梅雪によく似ていた。

和尚が無理に坐らせると、坐ったままで動かなかった。つぶやきはやめたかわりに、虚空《こくう》を見つめたまま眼を動かさない。

「埵念、今日からは穴山梅雪がお前の身柄を引きとってつかわす、直ぐ出発だ。そのままの姿でよい」

梅雪は常人に言うように埵念に言い渡すと、席を立った。

埵念はなすがままに身を任せていた。和尚が与えたわらじ脚絆《きやはん》をつけ、笠をかぶり杖《つえ》を突いて、門を出るまでは、多少まごまごして、梅雪の家来共にこづかれたが、歩き出すと、もう心配はなかった。彼の前後に武士がいた。武士の歩く流れの中に身をまかせ切って歩いているといった状態であった。時々、例の説教めいたぶつぶつが聞えた。うるさいと言われてもやめなかった。

穴山梅雪は徳川家康の一行の通り過ぎた後を追蹤《ついしよう》していた。信長を殺した光秀が、次に狙うのは家康に間違いない。光秀の手の者が家康の帰路を襲おうとしていることが想像された。紀州路《きしゆうじ》、山城路《やましろ》、大和路《やまと》、いずれも危険であった。

梅雪は家康の北上の跡を追って、河内《かわち》の飯盛《いいもり》まで来た時、家康がそこから北東の間道《かんどう》伝いに伊賀《いが》越えをやることをほとんど疑わなかった。

森の中に傾きかけた小さな祠《ほこら》があった。そこまで来た時、梅雪は須山三左衛門になにごとか命じた。

二人の家来が埵念の両腕を取って梅雪の前へ引き出して、身をあらためた。埵念のふところに短刀がかくされていた。短刀が発見されても、埵念は相変らず放心したような顔をして突立っていた。

「埵念とぼけるのはもうやめたがいい、梅雪に味方して駿河に下るか、それとも、ここで死ぬか。もともとお前はこの梅雪になんの恨《うら》みもない、誰かに頼まれて、人殺しを引受けていたに過ぎない。今度はこっちでお前を雇う。金さえ出せば、どっち側に立ったところでかまわないのが、お前達の商売だろう。お前は堺の商人、鶴屋宋任にたのまれた。鶴屋宋任を使ったのは茶屋四郎次郎、その背後で糸を引くのが誰だかお前たちには分らないだろうが、そういう込み入った仕組みになっている。しかし、埵念、お前のにせ気違いは堂に入ったものだ。京都から知らせが来た時、お前の庭を歩く足の速さと経路が変った。あれでお前は見破られたのだ」

　埵念は頭をたれた。

「どうだな、埵念、承知してくれるか、無事に江尻の城に着いたら、取立ててやる」

　暮色が訪れていた。埵念はなかなか頭を上げなかった。夕陽を背に負って、一騎が梅雪の後を追っていた。

「そこへ行かれるのは穴山梅雪どのではありませせぬか」

馬上から声をかける武者を梅雪の供のものが止めて、名前を聞いたが、直接梅雪に会って書状を渡したいというだけで身分は告げなかった。

梅雪は馬上で書状を開いた。明智光秀の誘降状《ゆうこうじょう》であった。文章は簡易であったが、要点はちゃんと押えていた。光秀の味方になって、同行の徳川家康を衝け、もともと武田一族は織田、徳川によって滅ぼされたものであるから、この際、光秀と組んで失地を回復せよという文面であった。返事を欲しいという使者に対して、梅雪は馬上で胸を叩いた。

使者を帰しても穴山梅雪の心はまだ決ってはいなかった。本能寺の変を教えなかった家康、妙国寺に諜者《ちょうじゃ》を置いた家康、武田家再興を約しながら、その義務を果さない家康、家康に対する不信は梅雪を相当ぐらつかせたが、彼には為《な》す術《すべ》がなかった。先行している家康主従の総数は穴山梅雪の手兵よりはるかに多かった。兵の数より、梅雪を不安にさせるのは、家康と同行している商人、茶屋四郎次郎であった。松井友閑の屋敷で梅雪に金銀あわせて五百両、ぽんと投げ出した、四郎次郎が、どれほどの金銀を持っているかは測り知れなかった。

（武力で伊賀は越えられない。伊賀はもともと北畠《きたばたけ》氏の領地である。伊賀衆は織田氏に対してそこ深い怨恨《えんこん》を持っている。その危険区域に向って逃避行をくわだてている徳川家康はおそらく、茶屋四郎次郎の金力にその生命を賭《か》けているに違いない。そして、茶屋四郎次郎も賭けているのだ、家康という人物に投資することにより天下の商利を握ろうとしている）

梅雪は頭巾《ずきん》をかぶり直して部下に急げと命じた。

三

茶屋四郎次郎は家康のために金を惜しまなかった。家康の行く先々まで、諜者を放ち、土豪《どごう》を買収し、強そうな男を供の列に加えた。家康は主だった者に手当り次第に起請文《きしょうもん》を与え、今度の伊賀越え成功のあかつきには恩賞《おんしょう》を与えることを約束した。

木津川《きづがわ》を渡ったところで日が暮れた。

前方と後方からはたえず情況が家康の許《もと》に集められていた。前方には今のところ敵はなかったが、後方を追尾してくる穴山梅雪の一行との距離がずっとせばまっていることが報じられた。穴山梅雪を監視させていた諜者から、気になる情報が届いたのはその頃だった。尊延寺《そんえんじ》を過ぎて間もなく、穴山梅雪のところへ後方から一騎が追いついて書状を渡したと報告された。

「書状を見て梅雪はすぐ返事を書いたか」

家康は自らその男に聞いた。男は臨時雇いのその辺りの百姓らしく言葉にひどくなまりがあった。梅雪が胸を叩いて、騎馬の武士を帰したという一言を聞くと、家康は茶屋四郎次郎を振りかえって言った。

「どうするかな」

「さよう……」

茶屋四郎次郎はちょっと考えたが、

「わたしが、梅雪どのに貸した五百両を損すればいいだけのことですな」

と笑った。

家康に取って穴山梅雪は邪魔な存在だった。武田勝頼に叛旗をひるがえさせて、武田を滅亡させた以上、穴山梅雪が、武田氏の血を引いていようがいまいが、どうでもいいことだった。甲信《こうしん》に分散する、武田の息がかかった者に取って、驍将《ぎょうしょう》梅雪入道はやはり、武田の中心であった。

(梅雪を殺せば、甲信は完全に家康の手に帰《き》す)

これは戦国経営の非情な倫理であったが、直接に家康を無気味にするものは穴山梅雪の執拗《しつよう》な追蹤だった。本能寺の変異を彼に知らさなかったことで、既に梅雪は家康に捨てられたも同様であった。ぐずぐずして出発を遅らせているのは、堺の松井友閑に泣きついて、船でも出して貰うか、さもなくば近隣の諸将に庇護《ひご》を求めるか、明智を頼るか、そんなことだろうと思っていたが、梅雪は家康の通った道筋を、家康の後衛《こうえい》と称して追蹤して来ている。梅雪の真意は不明であった。

「茶屋殿、送り狼《おおかみ》ということばがあったな、そろそろ山道にかかる」

家康の心はその時決った。

草内《くさじ》の渡しには薄霧が立ちこめていた。渡しの舟は一艘《いっそう》、せいぜい十名しか収容能力はなかった。梅雪の一行は三回に別れて川を渡ろうとした。第二隊が川の中ほどにある時、霧の中に鬨《とき》の声が起った。

乱破《らっぱ》は二隊に別れて川の両岸に分離された梅雪の一行を襲撃した。彼等は申し合せたように大刀を背に負っていた。喚声を上げて突進すると、滅茶滅茶に刀をふった。

梅雪は舟にいた。彼は舟と共に川の流れに沿って逃げようとしたが、乱破はかくしてあった舟に乗って、彼を追った。

川原に追いつめられて、梅雪は斬られた。乱破たちは争って、梅雪の着衣を剝《は》ぎ、持物を奪った。

松明《たいまつ》の光の下に梅雪入道の遺品は並べられていた。梅雪の偉大な坊主頭をかくしていた頭巾も、柄頭《つかがしら》に武田菱《たけだびし》の紋のある刀もあった。

「入道首をなぜ持ってこなかったのだ」

家康が残念そうに言った。乱破は乱破だけのことしかできないという顔だった。

「どんな人相をしていた」

茶屋四郎次郎が乱破どもに聞いた。暗くてよく分らなかったが大きな入道頭だったというのが、彼等の答えられるすべてであった。

「その中に僧が一人居《お》らなかったか」

と茶屋四郎次郎が聞いた。乱破どもは顔を見合せて気がつかなかったと一様に答えた。妙国寺にやってあった唾念がなぜ梅雪と同行したか四郎次郎にはよく分らなかったが、おそらくとばっちりで殺されたものと推察された。

乱破どもは茶屋四郎次郎から与えられた意外なほど多額な恩賞に酔ったような顔をしていた。一度間違えば、家康の一行に斬り掛る野伏《のぶし》同類の者共だったが、首領のひとり、ひとりに家康から起請文が与えられ、伊賀越えの終った時は、伊勢《いせ》で更に多額な恩賞が待っていると茶屋四郎次郎は触れ廻っていた。野伏どもは、戦乱の落し子であった。食と職には敏感だった。

　山路は狭く暗かった。一列になって行進していた。休養はなかった。明智の手が家康の機先を制するか家康がそれに先んじて伊賀を越えるか、時間の問題だけが家康の運命を左右しているようであった。

　夜半を過ぎてから小さな尾根を一つ越え、狭間《はざま》にかかった時、一行の前方におびただしい松明の光を見た。

　物見の報告によると、前方を扼《やく》する者は伊賀の地侍《じざむらい》によって編成された一団であり、家康一行を待ち受けていることが明瞭であった。数ははっきりしなかったが、乱破や野伏の集合ではなく、どうやら統率力を持った何者かによって動いているように思われた。

　土地に明るい者が、家康の家臣と共に先行して、和解策を講じようとした。使者は帰らなかった。

　松明の火は時間の経過と共に増加した。一戦を交えるより解決の道はなかった。無気味な対立が続いた。

　物見によって敵の数がおよそ三十数名と報告されるまでには半刻《はんとき》（一時間）を要した。

一気に押し通れと本多忠勝《ほんだただかつ》が率いる一隊が向うと、松明の光は、本多忠勝の到着を前にして、一瞬に消えさった。人影はない。狐火《きつねび》を見るような敏活な消滅だった。

「動かない方がよいのではありませんか」

茶屋四郎次郎は家康に忠告した。だが家康はそれには答えず、

「敵の策であろう、敵は人数が足りない、おそらく敵は、時間を遅らせるためにあいう方法を取ったのであろう、しかし……」

家康は言葉を止めてしばらく考えていたが、彼の傍に居た老臣の酒井忠次《さかいただつぐ》を振りかえって、

「どう考える」

と聞いた。

「おそらく、隊の主力がこのまま動き出せば背後で松明の火が上るのではないでしょうか、敵の兵力は少ないが、首領には相当な利《き》けものがいるに相違ございません、ただの野伏の類《たぐい》ではありませぬ」

酒井忠次の予言は当っていた。本多忠勝の指揮する一隊を先頭に、尾根の頂上に立つと、背後に松明の火が上り、一つ沢を越えた向うにも火が上った。疲労して来

た家康の軍に動揺が起った。

「敵の兵力はたいしたことはない、単なる眩惑《げんわく》の戦術だ、おそれることはない」

そう言って、兵たちを鎮《しず》めるのに一苦労した。

「茶屋どのにたのみがある。夜が明けたら、土地の者を道案内に立てて、大至急甲《こう》賀《か》へ入り、甲賀の郷士和田《わだ》八郎《はちろう》を抱き込んで貰いたい。和田の一族を味方にするかどうかが、勝負の別れ目だ」

家康の顔には掩《おお》いかくすことの出来ない苦悩の色が浮んでいた。

軍はそのまま動かなかった。家康は家臣に守られたままひとときの仮眠を取った。

四

天正十年六月三日は朝霧と共に明けた。

家康の一行は伊賀の丸柱《まるばしら》に掛る頃から、敵の攻撃を受けた。山の中の間道《かんどう》だから道は狭い、兵の展開が自由に効かない弱点を利用して、森の中から突然兵を起して延びた一列の弱いところをねらって斬り込んで来るのである。数人の斬り込み隊であった。その度《たび》に列は乱れ、犠牲者が出た。敵は長くは戦わず、さっと斬り込んでさっと引き上げると言った戦法であった。

鉄砲による狙撃《そげき》もあった。家康の居る部隊の中程を目掛けていた。

「敵にかまうな、追ってはならぬ、ふりかかった火の粉《こ》だけを払えばいい」

家康は部下をいましめながら、道を急ぐだけに懸命だった。斬り込み隊の一名が捕虜にされて家康の前に引出された。縄を解いてやれと部下に命じてから家康はその男に直々《じきじき》声を掛けた。

「家康は嘘を言わない。正直に答えれば許してやろう。家康の供をして伊賀を越えるか、再び敵となるかはお前の自由にまかせる」

家康はふるえている男に適宜《てきぎ》なはったりを利かせておいて、敵の首領の名を尋ねた。男はすらすら知っていることを述べ立てた。伊賀の衆を指揮しているのは、光秀の重臣溝尾《みぞお》勝兵衛《しょうべえ》の家来、森原光隆という年配の武士であり、昨夜おそくなって到着したのだと答えた。容貌、風体《ふうてい》はと聞かれると、魁偉な容貌の入道であると答えた。

家康は、織田信長から案内《あない》役として差し廻されて、事変以来ずっと同行している長谷川秀一《はせがわひでかず》に、森原光隆というものが光秀の部下にいるかどうかを聞いた。長谷川秀一は明智家のことに明るかった。がその男の名前は知らなかった。

家康は酒井忠次を傍に呼んで言った。

「僧形《そうぎょう》の男で、昨夜おそくなって伊賀衆に動員をかけたというと、もしや草内《くさじ》の渡しで……」

家康の頭には穴山梅雪のことがすぐ浮んだ。草内の渡しで闇討ちにした筈の梅雪が先に廻って、敵を指揮しているということはあり得ないことだったが、敵の首領が僧形の男と聞いた時、とっさに思い出したのは、梅雪のことであった。

「そのように考えても不思議ではありませぬ。武田の謀将梅雪のことです。むざむざ草内で討たれたというよりも、逃げて、敵に廻ったと見る方が正しいかも知れません、山の中の間道を通らず、一騎か二騎で本道路を走れば、時間的には、先に廻ることが、そう困難ではないでしょう……梅雪が相手となると、前途は容易ではありませぬな、あとは茶屋どのが無事甲賀へ入れるかどうか、それだけがたよりです」

老臣酒井忠次の顔には焦躁《しょうそう》の色が浮んでいた。

甲賀の和田八郎は京都の豪商茶屋四郎次郎の名を知っていた。彼は茶屋四郎次郎を館《やかた》に迎えた。

和田八郎の館にはかき集められた、乱破とも地侍とも、野伏ともつかないような男たちが手に手に武器を持ってひしめき合っていた。茶屋四郎次郎は千両入りの革袋を和田八郎の前へ置いて言った。

「徳川家康どのより申しつかった物でございます」

そう言って、更に家康からの起請文を和田八郎に渡した。

「徳川殿に味方して、伊賀越えを警護せよと言われるのだな……しかし」

といいかかる和田八郎を制して、

「光秀どのの叛乱はお聞きになったとおりですが、光秀どのから正式の交渉はまだないでしょう。おそらく、あなたが人を集めておられるのは、徳川どのにお味方するおつもりだとお見掛けいたしますが」

茶屋四郎次郎は和田八郎に光秀に荷担《かたん》するつもりだと話させたくなかった。言ってしまえば、引込みがつかなくなることを見越して、和田八郎にはものを言わせず、ひとりでしゃべりまくった。

「私はただの商人ですが、金はあなたが想像する以上に持っています。私は商人ですから損になる仕事に金は投資しません。私が徳川家康に投資しているのは、徳川家康が将来必ず、私の使った金を数百倍にして返してくれることを見込んでやっているのです。武士の眼より商人の眼の方が時勢を見るのに狂いはないと思いますがいかがでしょうか」

和田八郎は迷っていた。明智の家来、森原光隆と称する男が置いて言った金は二百両であった。兵を動かすには少々額が足りないが、一応は承知していた。軍を動かして、家康の一行を伊賀と伊勢の国境加太峠《かぶととうげ》で一挙に襲うというのが、森原光隆との約束であった。

「あなたは、徳川家康に対しても明智光秀に対しても何等《なんら》の恩義関係はないでしょう、どちらに従《つ》いても、武士の面目《めんぼく》は立つ。それならば、あなたは当然利を選ぶべきです。和田八郎どの、私の持ち合せはこの千両しかありませぬ。千両の他《ほか》に私は五万両をあなたに託します」

「五万両？」

「そうです、京の商人茶屋四郎次郎の身を人質としてあなたのところへとどめます。五万両でも十万両でも、わたしの身柄をとらえている以上、あなたは確実にその金を得られます。決心がついたら直ぐ出発いたしましょう。徳川どのは今苦境に墜《お》ちている。あなたの兵力を合わせて、徳川どのに敵対している伊賀衆の側面を断りくずして下さい。あなたは誰よりも最も偉大な感状を家康どのから貰うことができ、将来の道が開けるのです」

和田八郎は作ったような微笑を浮べながら、

「拙者はもとより家康どのにお味方申すつもりでおりました」

茶屋四郎次郎はそういう和田八郎に心の中では唾《つば》をはきかけたいつもりでいた。

穴山梅雪は加太の地形を利して、兵を配置していた。峠にさし掛った家康の一行を袋の鼠《ねずみ》として殲滅《せんめつ》するのはそう困難ではないと考えていた。家康の集めて来た河内、山城、伊賀の集団は約三百、梅雪が指揮する伊賀者は三百、間もなく到着する甲賀の和田八郎の軍勢は三百、六対三の兵力であった。

梅雪は三方原《みかたがはら》の一戦で武田信玄の軍が、家康の軍を打ち破り、浜松城《はままつ》に追い込んだ一戦を思い出していた。あの時も兵力で勝った。あの時は家康を逃がしたが今度は逃がさない。彼は加太の峠に立って、近づいてくる家康の軍を見ながら、須山三左衛門に言った。

「どうだ三左衛門、草内の渡しで死んだ梅雪が生きかえって家康の首をはねる」

梅雪は大声を上げて笑った。

梅雪は暗夜を利用して草内の渡しへ掛る前に、埵念を彼の身代りに立てて、一行より一町《ちょう》ほど遅れて、歩いていた。予想どおりのことが起った。その時が、家康との完全な訣別《けつべつ》だった。彼は家康の敵に変った。

組織的戦闘は山峡の静寂を破って行われた。梅雪の軍は積極的に攻撃を加えないで、延びてくる家康の鼻先を斬って捨てる戦法を取っていた。加太を越えられないかぎり家康の生きる道はなかった。時間を稼《かせ》げば、近江《おうみ》から明智の軍が来ることは間違いなかった。明智が来るまでもなく家康が強《し》いて通ろうとすれば損害は増し、自滅に向うことも明らかだった。

「家康の軍は多額の金を持っているぞ、みんなお前たちのものになるのだ」

梅雪はかり集めた集団がなにが欲しいかよく知っていた。

梅雪は鉄砲十挺《ちょう》を持って組織された一隊をひそかにかくしていた。狙いは家康ひとりだった。道が細く、足場の悪い山を利用して、戦闘は区々に行われ、その度に損害は双方に起きていた。対立の進展はほとんどなかったが、時間の経過と共に数の差だけが勝負を決しかけているようだった。

家康の軍が数の差による不利を覚《さと》って軍を引いても、梅雪は追わなかった。梅雪は八分通りの勝算を確信していた。

和田八郎の軍が到着したのはその頃だった。だが甲賀の一隊は、家康の軍に向わず峠の上にいる梅雪の陣を攻撃するような展開を始めた。梅雪に取って意外なことであった。

梅雪は眼を裂けるばかりに見開いて、和田八郎の軍を見渡した。和田八郎につき添っている商人風の男がいた。面長《おもなが》な白い顔の男、茶屋四郎次郎であった。

(金で買われたな和田八郎)

梅雪が二百両で買った和田八郎が、それ以上の金で茶屋四郎次郎に買われたことはもはや疑う余地がなかった。

梅雪は二面から攻撃を受けた。数の計算は逆になった。家康の兵が峠の頂上を目ざして攻撃を掛けて来た。

(だがまだ負けてはいない。長篠の一戦で事実上武田が滅びたのは鉄砲にやられたからだ。今度はこっちに鉄砲がある)

梅雪は木の繁《しげ》みにかくれた鉄砲隊に運命を賭《か》けた。

鉄砲十挺が一斉に火を吐いた。家康の周囲を守っている兵が幾人か倒れた。家康を覘《ねら》った一弾は彼の耳をかすめて、松の幹に食い込んだ。それが最後の一戦だった。

鉄砲隊が潰滅《かいめつ》すると共に梅雪は戦《いくさ》を放棄した。彼は須山三左衛門と共に加太の峠を越えて伊勢へ走った。家康が海路三河《みかわ》へ逃げることを見透して、その乗船を押えるためであった。

しかし、口だけでは船を止めることは出来なかった。梅雪とほとんど前後して白子《しらこ》へ到着した茶屋四郎次郎は商人角屋七郎次郎《かどやしちろうじろう》に働きかけて船を用意した。

家康の乗った船が知多《ちた》半島の篠島《しのじま》を廻って、知多湾に入ろうとしている頃、梅雪の乗った船は伊良湖岬《いらこみさき》に舳先《へさき》を向けていた。遠州灘《えんしゅうなだ》を通り、駿河《するが》湾に入り、江尻の城へ帰ろうと計ったのである。

その夜になって海が荒れた。

翌朝、相良《さがら》の砂浜へ僧衣の男の死体が上った。身分は不明だった。偉大な頭をしていた。村人たちは、いずれかの僧が海難に会ったものとして厚く葬《ほうむ》った。

家康が岡崎《おかざき》についたのは六月四日の午後であった。彼は、当然そこで光秀追討の兵を起すべきであったが、それをせず、駿河と甲州《こうしゅう》へ兵を向けた。彼は穴山梅雪の生存を虞《おそ》れていた。梅雪が駿河に入り、甲信《こうしん》の兵を挙げて、家康の背後を衝くことを警戒した。

江尻城はもとより、甲斐《かい》のいずれの諸城にも梅雪は帰っていなかった。家康が甲斐に気を奪われていた十日間に天下制覇《せいは》の機会は去った。

家康が光秀追討の兵を起して、尾張鳴海《おわりなるみ》に出陣した六月十四日は、羽柴《はしば》秀吉が山崎《やまざき》の一戦で明智光秀を破り、天下の帰趨《きすう》の決定した当日であった。

山師

松本清張

一

家康《いえやす》が秀吉《ひでよし》から関八州《かんはっしゅう》を与えられて江戸に遷《うつ》ったのは天正《てんしょう》十八年で、それから二三年たった年の春のことである。

上方《かみがた》から四座の猿楽《さるがく》をよんで興行し、江戸城内で諸人に見せた。

この時は、町人どもも白州《しらす》に入れて見物させ、菓子や鳥目《ちょうもく》まで与えたというから、入部後まもない家康が、自分の愉《たの》しみ以外に、新領民への懐柔策《かいじゅうさく》であったろう。

役者どもはかなり長期に留めおかれたものとみえ、未《いま》だ暇をくだされないうちは、替わる替わる夜詰めにまかりあがったとある。家康の夜のつれづれの伽《とぎ》に上方の咄《はなし》などしたであろうし、家康は彼らの話から、さりげなく上方の事情を探ろうとしたに違いない。

そうした或《あ》る晩である。年をとって肥えてきた家康は、大儀そうに身体《からだ》を脇息《きょうそく》に凭《よ》らせながら侍臣《じしん》にこんなことを言った。

「わしは三河《みかわ》半国からだんだんと大身《たいしん》となって、今では関八州をもつまでになった。今、これほどの国数を持っている大名は毛利輝元《もうりてるもと》とわしぐらいなものであろう。」

自慢話を言いだしたかと思うと、そうではなく、貧乏話があとにつづいたのであった。

「しかし、国は持っても、金銀というものは思うように持たれぬものじゃ。金銀が少のうては、何かにつけて手の回らぬことがあるから、何ほどあってもよいものじゃが、金銀を貯《たくわ》えるには蔵入《くらいり》（租税）を多くせねばならず、蔵入ばかり多くしては人がはなれる。さすれば国の守り薄く、合戦をしても敵に勝つことはできぬ。できることなら、人を多く持ち、金銀も多く持つようになる工夫はないものかの。」

と言って笑った。

左右の者も顔を見合わせて苦笑したのは、そんなうまい話があれば苦労なしだからである。

しかし、はるかに末座《まつざ》にすわっていた猿楽役者の大蔵藤十郎《おおくらとうじゅうろう》だけは、家康のこの冗談とも本心ともつかぬ言葉を聞いて、わらわなかった。彼は首を上げて、自分からはるかな距離にある家康の顔を鋭《するど》い眼でひそかに窺《うかが》った。不意に思わぬところで獲物をみつけたときの野禽《やきん》のような眼であった。

猿楽興行《こうぎょう》の奉行《ぶぎょう》は青山藤蔵《あおやまとうぞう》（忠成《ただなり》）がしていた。あくる日、青山のもとへ大蔵藤十郎が訪ねてきて、何事か熱心にうったえたその結果、青山は藤十郎の言うことを家康に取りついだ。

「猿楽役者がのう。」

と家康は眼を天井《てんじょう》に向けながら言った。

「金掘りの術《すべ》を心得ているというか。まあ何を申すか呼んで聞いてやろう。」

青山は即刻、藤十郎を連れてくるために退《さが》った。

家康は人払いしてこの中年の猿楽師をよび入れた。部屋には青山ただ一人だけが侍《はべ》った。

家康が見るに、藤十郎は四十一二で、風采《ふうさい》の上がらない痩《や》せた顔をしていた。血色もよくなかった。が、眼だけは嵌《は》める顔を間違えたように、そんな貧相な面貌の上に不似合いに光っていた。

まず藤十郎は家康に促《うなが》されてすすみ出て言った。

「夜前に殿が御意《ぎょい》あそばさるるとおり、金銀の貯えと申すは、ご領地の百姓から米を余分に取り立てて売るか、諸運上《うんじょう》を過分にお取りなさるか、このいずれかのほかはござりませぬ。されどさようにあそばされてはご領分の万民迷惑いたしますうえ、そのくらいのことでなかなか御用金がたまる子細はございませぬ。」

ここまで言って声を少し低めてつづけた。

「これにつきまして、手前の存じ寄りは、ご領分の内、所々の山々を吟味《ぎんみ》いたしますれば、金銀銅などの出る山がないとは申されませぬ。巧者《こうしゃ》の山師や金掘りを呼び集めて掘ってみたいものと考えまする。もし金銀が多く出ますれば、その国の賑《にぎわ》いにもなり、だいいち、土中の埋《う》もれた金銀を取りだして御用に立てば、何の障《さわ》りにもならず、ご重宝《ちょうほう》なる儀に存じまする。」

家康は、そう言う藤十郎を見つめたままで、

「巧者らしく申しおるが、それはその方一人の工夫か、または誰ぞその道の申すを聞いてのことか。」

と言った。

「されば手前の生国《しょうごく》は甲斐《かい》にございますれば、この国には金山にかかりし巧者が多く、その者どもの物語るを若きころからつねづね聞きおよんでおります。上意あらば、世の山師、金掘りどもを集めて掘らせてみとう存じまする。」

家康はそれを聞くと、あごをひいて頷《うなず》き、

「猿楽をさせておくには惜《お》しい男よの。」

と傍《かたわ》らの青山を顧《かえり》みて、鼻に皺《しわ》をよせて笑った。

二

藤十郎は大蔵太夫《たゆう》という猿楽師の子である。大蔵太夫は甲斐の武田信玄《たけだしんげん》に取り立てられ士籍に在《あ》ったが、武田滅亡後は藤十郎が家業の猿楽師を嗣《つ》いで諸国を流浪《るろう》した。

藤十郎が、若い時から金山を掘る山師の物語を聞いていたと家康に言ったのは嘘《うそ》ではない。甲州《こうしゅう》は信玄の奨励《しょうれい》によって諸金山の開発が行なわれた。黒川《くろかわ》山、雨畑山、芳山、鳥葛山《とりくずやま》、金嶺《きんれい》、蠣代《かきしろ》などの甲斐領の金坑からしきりと採掘を行なった。武田が四隣に雄臨したのはこの富裕があったためである。

それで甲州には金鉱を捜して歩く山師や、坑を穿《うが》って採掘する技《わざ》に長《た》けた金掘りが多い。藤十郎はつねから彼らの話を聞いていた。そんな話に興味をもつ彼の心には、すでにそのころから意識せぬ野心の芽生えがあったに違いない。

当時、金掘りという仕事は職業化していた。というのは、それほど諸国の鉱山が開発されていたのである。金、銀、銅、鉄の出る鉱山をもつことは何よりも富強になる手段であるから、諸豪は自領内の鉱山の採鉱につとめた。上杉謙信《うえすぎけんしん》は佐渡《さど》の金山をもち、前田利家《まえだとしいえ》は能登《のと》と加賀《かが》に金山をもった。蒲生氏郷《がもううじさと》も会津《あいづ》に金鉱をもち、北条氏康《ほうじょううじやす》も伊豆《いず》の土肥《とい》、湯ケ島《ゆがしま》、瓜生野《うりゅうの》などに金坑を掘った。その他、信濃《しなの》、但《たじ》馬《ま》、美濃《みの》に金、越前《えちぜん》、因幡《いなば》、摂津《せっつ》、石見《いわみ》などから銀を出して、それぞれの領主を富ませた。

　したがって金掘り（坑夫）という技術労働者の数も多かった。彼らは単に鉱山で働いたばかりでなく、合戦の時にも呼び集められて城攻めの坑道を掘らされたほどであった。北条氏康が永禄《えいろく》五年に武州《ぶしゅう》松山の城攻めをしたときも、同六年毛利元《もと》就《なり》が石見温湯《ぬくゆ》の城を攻めたときも、天正年間滝川将監《たきがわしょうげん》が播州《ばんしゅう》志《し》方城《かたじょう》と伊丹《いたみ》の城を攻撃したときも、金掘り人足を使って落城させている。敵城の下まで地を掘って鉄砲の薬を積んで火をかけ、石垣を崩して突撃路をつくるのだ。が、同じ金掘りにも技術の優劣があり、「為人鈔大坂物語之弁」には、近国の金掘りを呼んだが、「一向城など掘り崩すことを知るべからず、甲斐国の金掘りならでは叶《かな》ひ難《がた》し」とあって、甲州の金掘りの技術を称《ほ》めている。

　金掘りがそうであるから、甲斐にはいりこむ山師も優秀な者が多かった。山師は山谷に分けいって鉱脈を発見するのである。金山には一種の特徴があって、その山相を見て金山かどうかの直感を働かすのだ。

佐渡の金山が発見されたのは、天文《てんぶん》十一年の夏のことで、越後《えちご》の舟がきて港から夜空を見るに、金銀の気、空中を衝《つ》くを怪しんでからだという。石見の銀山の発見も同じようなことがいわれている。山師の間ではこれは中夜望気の法だといってい る。五月から八月の間、月の無い夜に望見すれば、金銀山なれば精気が立ちのぼるのが見えるというのである。金精は華《はな》のような黄赤色の金光で、銀精は雲中に竜の在るような形をしているという。

山相も種々あって、金の埋まっている山はみな必ず岩石を負っているといわれる。その岩石を負うにも、正面、首後、左担《かつぎ》、右担《かつぎ》、西南二面、西北二面、東南二面などと十五相あって、左担の山をもって第一の福相とし、正面がこれに次ぎ、以下種々と順位をきめている。

それからツル（鉱脈）についても、西を背負い東を抱き、北高く南を後ろに見る山は登り急であってツルが豊かだとか、行向に深い沢が切れているのは屏風館《びょうぶだて》となって下盤《したばん》にツルがそれて盛んだとか、ツルが山をまっすぐに通ってはどの山でもよくなく、大割れのツルでたのもしくないとか、山師は彼らなりの鑑定法をもっている。原始的な直感にたよるから神秘的になってくる。

甲斐の東山梨郡神谷の黒川、北巨摩郡鳳凰山《きたこまぐんほうおうざん》の御座石《ございし》、南巨摩郡硯島《みなみこまぐんすずり》の雨畑、同郡都川《みやこがわ》の芳山、同鳥葛西、八代郡《やつしろぐん》湯奥の金嶺の諸金山は天文、永禄年間に、彼ら山師たちのこのような直感的な踏査《とうさ》によって発見されたのであった。

藤十郎は甲斐に育って、こういう山師や金掘りどものことを見聞した。好奇心とおもしろさから藤十郎が機会あるごとに彼らの咄《はなし》を根掘り葉掘り聞いているうちに、いつかおぼろにその知識を身につけてしまった。

しかし、彼がそのころそんなことを知っていたとしても、どうなるものではなかった。一介の猿楽師にすぎない彼は、武田家滅亡の後もやはりその職業で身を立てねばならなかった。彼は京に上《のぼ》った。

京は猿楽の本場である。足利義満《あしかがよしみつ》の時に武家の式楽《しきがく》と定めて以来、猿楽は日々旺《さか》んになっていき、観世《かんぜ》、金春《こんぱる》、宝生《ほうしょう》、金剛《こんごう》のそれぞれの座を分かって四座の猿楽といった。秀吉はこれが好きで、「芳野詣《もうで》」「高野詣」「明智討」などの新作を作らせて自分でも舞ったりした。それで諸大名もそれに倣《なら》ってしきりと猿楽を興行した。

大蔵藤十郎は金春である。このたび家康が呼びくだした四座の中にはいっていたのであった。江戸城中で家康の述懐《じゅっかい》を聞かなかったら、藤十郎も生涯猿楽役者として、平凡に終わったに違いなかった。家康の言葉を聞いたとき、彼の運命が急変した。

三

家康が「金《かね》がほしい」と言ったのを、はるか末座にすわって小耳に入れた藤十郎は、郷国甲斐の金山のことが胸に浮かんだ。信玄の富強は甲州金山のおかげだ。その金山に働く山師や金掘りどもの咄《はなし》は藤十郎が若いころからの耳学問となって、かなりな知識だと自分では思っている。

しかし、もとより実際に経験したことではないので自信はなかった。が胸はambitiousなものにふくらんだ。単なる功名心《こうみょうしん》とか野心とかいうようなものではない。猿楽師として己《おの》れの生涯の先々まで見えている乾いた生活に、不意に冒険の機会が訪れたという興奮である。人間にとって終点のわかっている人生ほど絶望はない。何かがある未知への彼の挑みは、その絶望からの脱出であった。

藤十郎に向かって家康は言った。

「家業の猿楽師を廃《や》めて金を掘る奉行にならぬか。」

藤十郎は、

「何分にもかしこみたてまつり候《そうろう》。」

と答えた。顔は一時に血の色がさし、返事には弾《はず》んだ息がこもっていた。

この対座は青山忠成だけが加わって余人はいなかった。それで、その翌日からあまり技もうまくない猿楽師一人が抜けたとて誰も注意する者はなかった。

藤十郎は甲州へ向かった。一つは巧者な山師と熟練の金掘りを捜すことであり、一つは己れ自身も甲州の諸金山をめぐって実際の技術を体験するためである。耳学問だけでは頼りないことはもとより彼は承知していた。

それから何年か過ぎた。

家康は江戸にいるより京や伏見《ふしみ》にいるほうが多かった。秀吉の存命中は仕方がないことだった。朝鮮役が起こってからは名護屋《なごや》にもついていったり、花見といっては吉野にも供をした。家康が絶えず口辺《こうへん》に見せている律義らしい微笑は、己れの本心を語っていなかった。現在の境遇に満足もせず、失望もできない彼は、いつも漠然と何かを待っている人であった。彼の微笑は意地悪くとれば、秀吉の日々の性格の崩壊を興がっているかもしれなかった。

猿楽の好きな秀吉のために、家康もお相伴《しょうばん》でよく舞わされた。肥満した彼は

「舟弁慶」の義経《よしつね》をやった時など、その無器用さにどっとわらいはやされた。それに他愛《たわい》なくにこにこ応《こた》えている家康の心の中には、眼の前の猿楽師どもを見るにつけても風采のあがらぬ痩せた男の面影が消えてはいなかった。大蔵藤十郎の消息は絶えず江戸の青山忠成の報告で受けとっていた。

慶長《けいちょう》三年、何度も失神して意識混濁《こんだく》した秀吉が、律義者の家康に頼み入って果てた時から、家康の前面を塞《ふさ》いでいた山が崩れた。家康の微笑ははじめて裏の無いものとなった。

藤十郎が呼ばれて伏見に行き、家康の面前に出たのはこの時であった。

「佐渡がわが物となったでの。佐渡に行ってくれぬか。金《きん》が要《い》るぞ、これから。たんと掘ってくれ。」

家康には、これからの自分の開ける運命の手順が、知りつくした海道の行路よりもわかっていた。

「江戸にての広言《こうげん》、違《たが》うまいぞ。」

と藤十郎に瞳を据《す》えて言った、いくぶん軽口めいた声音《こわね》には、さりげなく威嚇《いかく》と熱意が感ぜられた。

「必ず。」

と答えて平伏した藤十郎は、久しぶりに見る痩せて蒼《あお》い顔に憔《やつ》れはあったが、相変わらず眼だけは光っていた。

佐渡から砂金がとれることは『宇治拾遺物語』に載《の》っているほど古いが、上杉謙信も砂金を採《と》っていた。秀吉の蔵入帳には、上杉景勝《かげかつ》の上納として佐渡の金七百九十九枚五両一匁《もんめ》の記入がある。秀吉が景勝を越後から会津に遷《うつ》したのは、一つは佐渡の金山への思惑があったからだ。しかし直接に採鉱するに至らぬうちに彼は死んだ。

秀吉の死によって天下が家康のものとなることは家康本人はわかりきっていた。家康が、佐渡がわが物となったでの、と言ったのはそれであった。佐渡を何者にも与えるつもりはなく、自身の直轄地《ちょっかつち》としようとする肚《はら》は、とうから決まっていた。

「藤十郎。そのほうの手で山師をどれほど集めたか。」

と家康はきいた。

「甲州、相州《そうしゅう》の巧者な山師ども、まず三十人は集まったかと存じます。これは手前吟味の、腕ききの者ばかりでござりまする。佐渡の金山《かなやま》を掘るとなりまするとと、さらに諸国より金掘り千人は集めとう存じます。」

という藤十郎の返答をきいて、家康は、うむ、うむ、と太いあごを一々ひいてうなずいていた。

四

藤十郎が佐渡に渡ったのはその年の秋で、越後の山も佐渡の海も、磨いたような空気に澄んできれいな色をしていた。しかし藤十郎の眼にはそれは遠いものであった。そのような、見る風景がそらぞらしく映るのは、心に不安がわだかまっているからだと己《おの》れも覚《さと》った。家康の前では、口幅《くちはば》ったい言い条はしたものの、確かな成算があってのことではない。現地を見なければわからず、見ても実際に掘ってみなければわからないことだった。要するにわからないことだらけだ。それなら分別は考えず、臆せぬ物の言い方をして、運に任せたほうがよいと思ったのである。今さら何を不安がるのかと、一歩身を引いて自身を他人の眼で眺めるようにして考えれば、平凡な人生を嫌った男が破滅を賭けて未知を愉《たの》しんでいる人間に自分が見えた。が、やはり現実の不安は別のものであった。

藤十郎は松ヶ崎《まつがさき》に到着してはじめて佐渡の土地を踏んだ。それから相川《あいかわ》に出て目的の金山の踏査をはじめた。

一介の猿楽師が消え、希代《きだい》の山師がこの世に出現するための、ふるい、荒廃《こうはい》した金山がそこに姿を出していた。

金山《やま》は乱掘によって無数に坑口《あな》が空《あ》いていた。上杉当時から手当たりしだいに掘ったのである。それも浅い斜坑《しゃこう》ばかりで、面倒な竪坑《たてあな》は避けた安易な稚《おさな》い掘り方であった。

藤十郎は松脂《まつやに》を竹皮で包んだ松蠟燭《ろうそく》に灯をとぼして坑内にはいった。その結果、ひとりでに微笑がわいてくるほどの自信を得た。一つは坑内にはいって子細《しさい》に見れば見るほど、採掘法がまずく、彼が甲斐の金山を巡《まわ》って知っている知識で熟練の金掘り師どもに根本的に掘り改めさせたら間違いなく有望であること、一つは鉱石をとって試してみると、これは甲州の金山のものより金の含有の良質なことがわかった。鉱石の破片を金槌《かなづち》で砕き、粉々になったものをさらに摺《す》り合わせて微細な粉末とする。これを小さな樋《ひ》にかけて何度も清水を濾《こ》すうちに、最後に樋の底につぶらな砂金が、ちかちかと光りながら残ったのである。藤十郎は地表上でさえこのくらいであるから、地平線下の地底深く掘ったら、どのような状態であろうかと夢見心地に身体が宙に浮く思いであった。

今までとは異《ちが》った、全く新しい鉱脈を発見するための試掘が、それからの藤十郎とその手下《てか》の山師たちの仕事である。金掘り人足たちに深さ三間《げん》ばかりの壕を縦横に長さ一町《ちょう》以上も掘らせて鉱脈の有無を調べ、それでも無い時は竪坑を地下深く鉱床《こうしょう》に行きあたるところまで掘る。竪坑はまた途中で横坑となって探索をつづけるのが当時の試掘の方法であった。

こうして藤十郎は地下十二尺《しゃく》のところで見込みどおりの鉱脈に行きあたった。そのころの金山は奥州《おうしゅう》はじめ諸国に多かったが、いずれも露頭《ろとう》を掘るか、斜坑であった。だから少しく掘り進めば鉱床が切れる。それで別な個所を次々に掘りはじめるという、拙劣《せつれつ》な採鉱法であった。

藤十郎は佐渡の金山を掘るのに竪坑式とした。甲斐の金山がそれなのである。藤十郎が呼んだ山師も金掘りどもも、それには熟練していた。鉱脈さえ掘りあてれば、地平線下の埋蔵《まいぞう》がはるかに多量であるのは、もとより比較にならなかった。

竪坑を掘り、それから横坑が幹から出た枝のようにひろがって掘りすすんだ。鉱脈の性質《たち》を考えて東西より掘りすすむ立合《たてあい》追いにするか、南北より掘る横貫《よこぬき》にするかは、山師の観察と勘である。藤十郎は自分の目利《めき》きで連れてきた甲州の山師たちにそれぞれの鋪《しき》を割り当ててあずけた。責任をきめ、かつ、お互い同士の競争心を煽《あお》ったのである。

　しかし、どの山師も金脈を探りあてることでは藤十郎に及ばなかった。彼はそれを鑑別する不思議な感覚をもっていた。金鉱は石英鉱《せきえいこう》か硫化鉱《りゅうかこう》であるが、硫化鉱は地下深いところに分解して土石に着き、石英は黄鉄鉱《おうてっこう》も含んでいて、その鉄の酸化で赤ちゃけた色をしている。そんな色をした何でもない岩石はざらにあるから普通に見てもわからない。山師の間には金を含んでいる土鉱の色を、桔梗《ききょう》だの羽柄《はがら》だの鳥の子だのと言っているが、もとより微妙な眼識が要る。藤十郎は石を砕き、口に入れて味わう。どんな味わい方をするのか他人に話したことがない。彼がここぞと思って掘らせるといつも蜿蜒《えんえん》とした金脈に打ちあたるのだった。

　山師は金脈のことを蔓《つる》という。藤十郎はその蔓に従ってあくまでも掘鑿《くっさく》をすすめる。あるいは直《す》ぐにはいり、あるいは横に曲がり、あるいは上り、あるいは下り、その気脈の筋道を慕い、どこまでも掘り入れる手をやめないのは女を求めて追う中年男に似た執拗《しつよう》さである。

　彼が暗い坑道に立って松蠟燭をかざして蔓を探りだす眼色は、貪婪《どんらん》な漁色家《ぎょしょくか》の表情に似ていた。

五

しかし障害があった。それは地下深く掘り入るにつれて、川のように溢《あふ》れ出てくる湧水《わきみず》であった。諸国の他の多くの鉱山が露頭掘りや斜坑の安易な乱掘をやって竪《たて》穴《あな》の困難を避けたのは、一つは水の処置ができなかったからである。

藤十郎が連れてきた甲州の金掘りたちは竪坑を鑿《ほ》る技に長《た》けていた。彼らは栗や楢《なら》の木で股木《またぎ》とよぶ柱を立て、押さえ木とよぶ桁《けた》を渡して、鋪《しき》内や坑道に土砂の崩壊するのを防ぐことを知っている。竪坑を上下するのに梯子《はしご》をつくり、それのできぬ狭い所は留木をさし渡すことを知っている。坑内の換気のために外部から切山《きりやま》をして煙抜き間切《まきり》と呼ぶ風道をつくることも知っている。が、彼らでも思うようにならないのは湧き出る水のことであった。

坑底の湧水は水替えの者が桶《おけ》で汲《く》んで、木の四角に囲った水槽《すいそう》にうつす。それを上層にとりつけたつるべで引いて上の水槽に汲みうつす。それをさらに上層のつるべで汲みあげるという方法をくり返して樋に水を通して坑外に出すのが、彼らの水替えの方法であった。しかし湧水が多くなればこのような幼稚な仕方では処置できなかった。寛永《かんえい》年中には坑内出水《しゅっすい》のために漬かり、幕府の財政を脅《おびや》かしたというほど佐渡の金山は湧水が多い。せっかく、鉱脈を掘り進みながらも、水のために妨げられて中止する場所がしばしばだった。

藤十郎は懊悩《おうのう》した。もし排水のことさえ解決すれば、採鉱は思いのままである。金の産出高は目覚《めざ》ましく上がるに違いない。そう思うと無念でならなかった。しかし、いかに残念がっても、こればかりは彼の工夫ではどうにもならなかった。

しかるに慶長五年、家康は関ケ原《せきがはら》に捷《か》って大坂にはいり、藤十郎は呼ばれて佐渡から家康のもとに急いだ時のことであった。

家康はすでに天下を握った。これから己《おの》れの礎《いしずえ》をかためるのは金である。経済的な基礎が必要なことは誰よりも彼が知っていた。彼が狙っているのは、領民の運上や年貢をふやして蔵入を多くすることではない。金山の金銀を掘りださせて貯えるのが目標であった。

猿楽師大蔵藤十郎を佐渡にやって採鉱に当たらせて以来、その成績は上がっているが、まだ眼を愕《おどろ》かすところまで来ていない。

「佐渡は古い金山じゃ。もう鉱脈が尽きたのではないか。」

と家康は藤十郎にきいた。

「手前の見まするに、金はまだまだ無尽蔵にござります。ただ、しかじかに掘りだせませぬのは湧水の始末でございます。」

と藤十郎は日ごろの水の苦悩を詳しく話した。家康は眼を逸《そ》らさず熱心に聞き入っていたが、ふと瞳を動かすと首を少し傾けて呟《つぶや》くように言った。

「それなら異人にきいてみるか。江戸に参れ。西班牙《スペイン》人でも葡萄牙《ポルトガル》人でもおる。この間豊後《ぶんご》で難航した和蘭陀《オランダ》人もエゲリス人もそのまま江戸に留めおいてある。よい工夫を知っているかもしれぬ。彼らに会ってきいてみよ。」

藤十郎が江戸の蘭人から聞いて帰ったポンプは、佐渡の金山採鉱に一つの革命を起こした。筒形の木製吸上げポンプだ。五尺ばかりの筒の端を水の中に漬け、上の把手《とって》を上下に動かすと、水はどんどん吸いあげられて水槽に注《そそ》いだ。手桶で水を汲んでは水槽まで人の手から手に渡して注ぎ入れるのと雲泥《うんでい》の異いである。ほどへてこれは二人がかりで把手を動かす竜樋《りゅうひ》となった。

ポンプなどというものは日本人の考えおよばぬ器具だ。かつて種子ヶ島《たねがしま》に鉄砲が伝来した。砲身その他は製造できたが〝巻きて底を塞《ふさ》ぐの法〟を知らず、そのため一人の娘を蘭人に与えて会得《えとく》したという。螺旋《らせん》だのポンプなど日本人の感覚に無いのである。

――ポンプによる排水がはかどるにつれて、採鉱は大いに進んだ。今まで地表上ばかりを掘っていたのにくらべるとすさまじい上昇であった。

このころのことを書いた「慶長見聞集」には、佐渡が上杉景勝領のころは僅《わず》かな砂金が出たのみだが、「当君（家康）の時代には、佐渡ヶ島は唯《ただ》金銀を以《もっ》てつきたる宝の山なり。この金銀を一箱に十二貫入れ合わせて、百箱を五拾《じゅう》駄つみの舟に積み、毎年、五艘《そう》拾艘ずつ、能風に佐渡ヶ島より、越後のみなとへ着岸す」と驚嘆している。

慶長十九年の計算では佐渡の金で三万八千五百両の小判を鋳《い》た。それ以後十数年間に佐渡鉱山から出た黄金は、筋金、およそ百七十三貫、砂金三十貫、小判十五万八千七百両、銀五万五千貫の記録がある。

駿府《すんぷ》の城内では、家康のふくよかな面上に笑いが止まらなかった。

六

大蔵藤十郎は、家康によって大久保《おおくぼ》姓をうけ、十兵衛《じゅうべえ》長安《ながやす》と名乗った。従五位《じゅごい》下《げ》に叙され、石見守《いわみのかみ》に任官した。佐渡金山の開発による功であることはいうまでもない。役名も金山奉行となった。

大久保姓は相州小田原城主大久保相模守忠隣《さがみのかみただちか》にあやかって頒《さず》けられた。大久保はいわゆる安祥《あんじょう》譜代《ふだい》の名家で、現に忠隣は出頭人《しゅっとうにん》であった。家康がどんなに藤十郎の長安を殊遇《しゅぐう》しようとしたかわかるのである。

家康は長安を呼んだ。

「その方のおかげで、佐渡の金山《かなやま》は栄えて重畳《ちょうじょう》じゃがの、どうじゃ、石見の鉱山《やま》を掘ってくれぬか。あれは銀が出る。銀もほしいでのう。その方の手で掘りだしてくれよ。」

今の家康は関八州を手に入れて述懐した時の家康ではなかった。関ヶ原役をおわり、名実共に天下取りである。金銀はいくらでもほしかった。

「仰《おお》せ、心得ました。」

と長安は一礼して引きうけた。自信の翳《かげ》が顔つきにも言葉つきにも出ていた。眼の光に傲然《ごうぜん》とした色がさしていたのは昔に無いものだった。家康はそれを一目見ただけで、気づかぬふうに眼を転じた。

長安は佐渡の山師数名と金掘り大勢を連れて石見にくだった。山師といっても長安が奉行となってからは、いずれも士分に取りたてられていた。

石見国邇摩《にま》郡大森の銀山は尼子《あまご》、毛利の争奪鉱山であったが、家康はこれも直轄とした。そのころは銀の産出もしごく衰えていた。

長安が現地に着いて踏査してみると、ここも佐渡と同じような乱掘と浅掘りで蜂《はち》の巣のようになっていたが、銀の埋蔵層が地表以下にあることは深く調べるまでもなくわかった。

新しい鉱脈を探索し、そこから地下深く竪坑をつくって掘りすすんでいく工事は、長安にとって手慣れてきたことであった。

長安の手にかかった結果、大森銀山の産出高は今までの十倍以上となった。

しかるに家康はこれでも満足しなかった。江戸より三百二十七里、石州《せきしゅう》大森より百八十幾日めに帰ってきた長安に、家康はとろけるように笑いを見せたうえ、

「金がほしいな。佐渡くらいな鉱山《やま》は無いものか。もう一カ所、あれくらいの金の出る鉱山はないかのう、捜してみてくれぬか。」

と要求した。

この歳二月、家康は征夷大将軍となっていた。大坂に秀頼《ひでより》がいるのが気にならぬ

ではなかったが、これは地方の一大名に転落していた。全国諸侯で家康に低頭せぬ者はない。徳川の私領四百万石として、これで諸大名に一文の課税をせずに天下を統《す》べ、幕府を運営していかねばならぬ。一両の金でも余分にほしかった。家康の胸中は金銀欲に満ちていた。金銀乏しくては、何ぞにつき、手のまわらぬこともあればいかほどありても能《よ》きものなり、と以前に言った時よりは百倍も二百倍もその欲望は燃えさかっていた。

長安は家康の際限のない要求に屈しなかった。彼も脂《あぶら》が乗っていた。家康の鞭《むち》がはいればはいるほどますます己《おの》れに神秘な力が出てくるような気がした。

佐渡に引きかえした長安は山師たちを自分の役宅に集めた。彼らは今では切米《きりまい》二十俵《ぴよう》三人扶持《ぶち》などという役人の身だが、いずれも他国の山から山を渡り歩いたその道の巧者である。全国のめぼしい鉱山で知らぬところはなかった。

長安は、彼らに向かって家康の言葉を伝え、何ぞよき思案は無いか、たとえ今は廃坑でもよい、見込みあると思われる山々があれば申してみよ、と言った。

すると山師たちは口々に自分の料簡《りようけん》を述べたてた。奥州の果てから九州まで、種々の名前が出た。長安は一つ一つそれを子細にききただした。

その中で、長安の心を動かしたのは、伊豆の山のことである。それを話したのは長年その地方を歩いていたという年寄りの山師であった。不運にして自分は見つけることができなんだが、あの辺の山間《やまあい》には金は必ずあるとまだ思いきれずにいると言った。彼は、金の精気がどことなく立ちのぼっている、と山師らしい表現で熱心にその付近の山相《さんそう》などを説明した。

長安は、天正のはじめころ、伊豆の土肥村から金が出たことがあるのを知っていた。それで伊豆に金を含んだ山がありそうなという話は、彼の胸にいちばんひびいた。

大久保長安は遠い所を見るような眼つきをした。

七

長安が佐渡を離れて越後、信濃を通り、甲斐の山国を伝わって、三島《みしま》から伊豆の山中にはいったのは慶長八年の冬間近い秋である。樹林は葉を落とし、雑草は枯れ凋《しな》びて、山の踏査には都合のよい季節であった。

山師は金のある山相を十幾とおりも分けて、肉厚山、肉薄山、皆脱山、硋山など呼んでいるが、そうたやすくわかるものではなかった。ここでも勘が支配した。

天城山《あまぎさん》から出て北に流れ西に曲がって駿河《するが》の海に注いでいる狩野川《かのがわ》が、大仁村《おおひとむら》で小枝のような支流を山中に餔《は》わせていた。その上流は渓谷となり、川幅は狭《せば》まり、底が浅くなって、川石が多かった。長安は川の中にはいり、礫《こいし》の間の砂をすくった。り水を口に入れて味わったりした。供の者が一緒に川にはいることも、彼と同じ行動をすることも好まない。彼らはいつも長安のこうした調べの時の傍観者であった。

砂はその場で椀《わん》がけにして調べた。川石や岩崖《がんがい》の破片は宿舎に持って帰り、焼いたうえで金槌で砕き、石臼《いしうす》で摺って粉にした。その石粉を椀がけにして精細に調べた。椀がけとは黒塗りの椀の蓋《ふた》の裏に石粉を置き、清水を何度も入れて揺すっては捨てるのである。すると重味のある金の粒だけが最後に滓《おり》のように沈んで残るのだ。何でもないようだが、熟練の要る仕事である。

むだが毎日くり返された。しかし長安は望みを断たなかった。この渓谷にはいるたびに何か身体に逼《せま》ってくる空気の圧迫のようなものを感じた。佐渡で年寄った男がこのあたりを教えたことは嘘ではなかった。皮膚に感じるのは山師の言葉でいう金の精気であった。

十日たち、二十日たった。六十日も近いころ、長安の眼に喜びが輝いた。黒塗り椀には、まるで暗夜の空に貼りついた遠い星屑のように金の微粒が二つ三つ燦《きらめ》いていた。

川に金の鉱石が沈んでいるなら、この近くに金山があることなのだ。長安は息を切らして川岸の崖を這《は》いあがった。展望のきく場所に出て付近の山相を見るためだった。

晩秋の黄にうら枯れた連山があった。その一つの山の相が長安の日光に細めた瞳を強くひきつけた。どこか佐渡の金山の形にも似ていた。金鉱脈の多くは石英質であるから、周囲の普通の岩石より抵抗が大きく、地表に高く突き出ていることがあった。その露出したどす黒い地肌の一種特別な色を長安は見のがさなかった。陽《ひ》がそれに当たっていた。

どこをどう通って駆けつけたか覚えがない。木に裂かれ、崖を転んだ。はあはあと息がはずんだ。動悸《どうき》が激しく、胸が苦しかった。耳に何か声がはいるのは、供の者が叫んでいるのだとちらりと思っただけである。その山裾《やますそ》にとりついた時は、手足は破れて血が出ていた。その血塗《まみ》れの手で岩石を摑《つか》んだ。黝《くろず》んだ色の、一度焼いたように脆《もろ》い石であった。長安はそれを両手で押しいただいた。それが金山には必ずある燔様石《はんようせき》だということを知っていたからである。

伊豆国大仁金山が発見された。

大久保長安は佐渡、石見、伊豆の各金山の奉行を兼ねた。

毎年石見守、三月佐渡に下り、八月伏見へ上り、九月十月は石見国にくだる、と「類聚《るいじゅ》名物考」にあるが、その余の月は伊豆の金山の開発に暮らした。真に席の暖まる間もない多忙である。

伊豆金山の採掘が始まったのは慶長十一年の秋であったが、当代記には京の町中に立った立札を見て諸国各地よりの金掘り師が豆州《ずしゅう》に下向《げこう》した者 夥《おびただ》しき数であった、と記している。その結果、伊豆は佐渡にも及ぶほどの金を出した。

長安は奥州南部、美濃、相模、越後の諸国鉱山の検地もした。佐渡、伊豆、但馬、相模、駿河などの金鉱を合算すると毎年四万両内外の金を産出したという。

家康は長安を賞して、武州八王子《はちおうじ》にて三万石に封じ、滝山《たきやま》に邸地を与えた。

次いで長安を日本中の幕府金銀山の総奉行とし、執政加判《かはん》に列した。

八

ここまでの地位にきて、長安は不安を感じたのであった。

不安を感じるはずはなかった。家康の覚えは誰よりもめでたい。愛想のへたな将軍家の秀忠も彼には精いっぱいの笑い顔を見せる。権勢をうたわれる出頭人の本多《ほんだ》佐渡守正信《まさのぶ》も、その子の上野介正純《こうずけのすけまさずみ》も彼にははばかる色がある。諸大名にいたっては伊達政宗《だてまさむね》、藤堂高虎《とうどうたかとら》、黒田長政《くろだながまさ》のような外様《とざま》はもとより譜代《ふだい》の大名衆も懇《ねんごろ》を通じてくる。地位は登りつめた最高所であった。

それなら彼の支配にある鉱山の事業が不振に傾いたのかというとそうではない。これは月を逐《お》うて盛んになっていくのである。

どこを調べてみても彼の懸念する条件はなかった。それなのに不安定なものが膜のように心を包んでいる。

わからなかった。長安はいちおう己れを突き放して考えてみた。それでも何も不安を感じるはずのない幸福な環境に置かれた人間としか映らなかった。彼は自分があまりに神経を使いすぎるせいかと思った。

が、偶然起こった事件が彼の気持の原因を教えた。まず事件の大要は次のとおりである。

九州肥前《ひぜん》の大名に有馬修理大夫晴信《ありましゅりだゆうはるのぶ》という領主がいる。これが本多正純の手の者で岡本大八《おかもとだいはち》という男と懇意《こんい》であった。晴信は岡本大八が時めく権勢の本多上野介の家来だというので惹《ひ》かれたのに違いない。彼と昵懇《じっこん》にしておけば正純への聞こえもよいと思ったのであろう。正純は家康に付いた駿府の出頭人である。

はたして大八は晴信に耳よりなことをひそかに告げた。それは先年、和殿《わどの》が葡萄牙《ポルトガル》船を焼きはらわれたことについて大御所様はなかなかのお喜びである。ついてはその行賞のことが手前主人の正純に沙汰《さた》あったときいた。和殿に所領の地などお望みならば主人正純に周旋《あっせん》しようと言った。

すると晴信は喜んで、旧領藤津《ふじつ》、彼杵《そのき》、杵島《きしま》の三郡は有馬家累代伝領の地であるから、貴殿主人の上野介殿に申して執《と》りなしていただき、かの三郡を返してくださるまいかと望んだ。

それからしばらくたって、大八は晴信に一通の文《ふみ》を見せて、これはかの三郡を和殿に賜《たま》わるとの草案である、ひそかに自分が写しとっておいたのだから、その含みで、他言は無用であると言った。

晴信は大いに喜んで、好意を謝して、大八に黄金、白銀、綾羅錦繡《りょうらきんしゅう》の類《たぐい》を数知れず贈った。大八は、この沙汰が他人より妨げなからんように計るべしと、さらに白銀六十両を請いとって去った。

晴信は今日佳《よ》き沙汰が来るか、明日吉報があるかと待っているうちに空《むな》しく一年ばかりが過ぎた。そこでさすがに晴信はしびれを切らして、正純に行賞の沙汰が早くおりるよう催促の手紙を出した。

正純は心当たりのないことであるから、手紙の文面に従って岡本大八を呼びつけてきくと、大八は、いっこうに覚えのないことでござる、と空うそぶいて答えた。

それで正純はいっさいを家康に告げた。

家康は有馬晴信を駿府に呼びよせ、大久保長安の邸で大八と対決させた。晴信は大八の書いた数通の書面を出したから、さすがに大八も申し開きができなかった。

家康は、大八のいつわり、ことのほか不届きと怒って安倍川《あべかわ》べりに引きだして火刑に処したのであった。

事件というのはこれだけのことである。

しかし、この時の本多正純の心痛ぶりを長安は呆《あき》れる思いで見た。

正純は江戸にいる父正信とともに執政の出頭人である。大名たちでこの二人に頭の上がる者がいなかった。父の正信のほうはともかくとして、正純はいつも冷たくとり澄ましていて、人を人とも思わぬ顔をしている。まだ年若だが、家康の耳目となって働く自分の才能を自負する色が、いつも顔にあらわれている。駿府によく伺《し》候《こう》にくる諸大名は正純に低頭し、ことに伊達政宗などは、この色白の壮年の前に這いつくばっていた。

長安は、いつも小憎らしいくらい落ちついている正純を感嘆して見ていた。どんなことが起こっても、この男が混乱するようなことがあろうとは思われなかった。ところが岡本大八のことが起こると、正純の周章狼狽《しゅうしょうろうばい》の仕方は人が異《ちが》ったようであった。顔は蒼くなって眼は落ちつきがなかった。端厳《たんげん》でとりすまし屋の彼がほとんど挙措《きょそ》を失った。いうまでもなく、自分の家臣の不始末が、おのれに及ぶことを恐怖したのであった。

日ごろ、大名たちを這いつくばわせて傲然と動じなかった正純の動転した姿を見た時、長安はかねての自分の不安の因《もと》を知った。

正純の姿は長安自身のものだった。彼にとって上にいるのは家康ただ一人であった。この世の栄達も転落も、幸福も不幸も、順境も逆境も、生命すら、たった一人の男が抑えているのだった。

一介の猿楽師でいたころのように、自分より上層の者が無数にあった時は、その圧迫感は無かった。空気の圧力を頭上に感じていないのと似ていた。自分の幸も不幸も左右することのできる地位の者が限りなく世に存在するとなると、観念は希薄となって、心は安定していた。しかし頭上の人間が数少なくなればなるほど、上から圧迫される不安な意識は濃くなるのである。

長安が、つねから漠然と抱いた不安は、家康というただ一人の人間に生涯の浮沈を握られているという意識が潜《ひそ》んでいたからであった。たった一人にという不安である。

九

そのことがあってから、長安の生活は尋常《じんじょう》でなくなった。

彼は家康を恐怖しはじめた。と同時に、そういう自分に悲哀を感じはじめた。

かつては、彼はただの猿楽師であった。己《おの》れの行きつく人生の涯《はて》が見えだした中年になって、〝未知〟の世界が開いた。それは江戸城での笑いながら吐いた一言からであった。彼はその時から未知の運命に魅《み》せられて挑《いど》んだ。野心とも功名心とも違う、虚無から充実感に移る歓びであった。

金山に鉱脈を捜している時、この充実感の密度はますます高まった。これもまた〝未知〟を手探りしてゆく世界であったのである。

ところがここまで下積みから上がってきて、成上がり者の彼には、ただ一人の人間に、己《おの》れの禍福《かふく》と生死とが一本の眼に見えぬ筋でつながっているという、今まで想像もしなかった不安を知った。不安は恐怖となった。

長安は鉱山を巡見して採鉱の業務にいよいよ精励した。八月は佐渡に、九十月は石見に、三四月は伊豆に、五六月を駿府に、という繁忙な生活に自《みずか》ら進んだ。それは家康の意を迎えるためではなかった。意を迎えれば迎えるほど、家康が恐ろしくなり、不安が募《つの》ることを長安は知っていた。そうなると悲哀だった。

家康の圧迫から解放されるには、家康に抵抗することだった。長安の生活は、彼の地位と職掌《しょくしょう》からくる奢侈《しゃし》が前から纏《まと》まってきていた。が、それは目立つことをはばかっている程度のものであった。

奢侈は家康の嫌うところだ。いや、この老人は金銭を人なみ以上に愛していた。

家康が蔵入代官の勘定《かんじょう》をじきじきにきいたり、三島の代官をよんで十四年前に八丈島《はちじょうじま》から送ってきた六枚の桑板について問いただしたりしたことや、鷹野《たかの》の握り飯を二三度に食べて残りを持って帰ったり、武士は武士らしく土臭いのがよいなどと言って、紬《つむぎ》や木綿の地太《じぶと》なのをきて、素足《すあし》に草鞋《わらじ》で歩く武士をほめたりする日ごろの性行を見ると、長安は家康に山のような圧迫感をうけるとともに、その吝《りん》嗇《しょく》をわざと軽蔑した。それを吝嗇と思い、軽蔑することによって家康に抵抗できた。それが家康の恐ろしさから脱《のが》れる唯一の方法だった。

長安は家康の吝嗇に抵抗を企て、ことさらに己れの生活をはでにはでにとしむけた。

彼が金山から金山の巡見に出精《しゅっせい》したのは、旅先で贅沢《ぜいたく》なふるまいをするためである。彼は、佐渡、石見、伊豆に、それぞれ殿舎《でんしゃ》のような役宅をつくり、妾《めかけ》を二十数人置いた。その道具の茶碗、天目《てんもく》、茶釜、風炉《ふろ》、燭台、手水盥《ちょうずだらい》、香盆、鏡台、櫛箱《くしばこ》、櫛、油桶などは金製と銀製と二通りをつくった。金銀はどのように使っても使いきれない。諸国から上がる金銀六千貫を邸に蓄えた。

金山への往復の道中には女房ども七八十人ばかりを輿《こし》に乗せて連れ歩き、泊まり泊まりには、代官所がないので、その宿舎を思うように建てならべた。猿楽師も三十人抱え、宿泊の夜は打ちはやして踊らせた。毎度の上下かくの如《ごと》し、ひとえに天人の如く、さらに凡夫の及ぶところに非ず、と「当代記」の筆者に言わせた。

しかし長安は、わざわざ家康に憎まれる行為をしながら、家康がすぐに己《おの》れに手をくださないことを知っていた。彼は家康のために地の中から金銀を出している。打算の強い家康が、この眼にある山師の驕慢《きょうまん》と豪奢《ごうしゃ》を聞いても、当分は素知らぬ顔をしているであろうと察していた。

「成上がりの猿楽めが、やりおるそうな。」

と家康は駿府の城奥で、正純を相手に、指の爪を嚙みながら、唾を吐いているだけに違いない。

家康の打算と怒りとが、一文字になった天秤《てんびん》のように今や均衡《きんこう》がとれている。家康と長安との間の、宙にぴんと張った均衡である。が、いつかはこのバランスが崩れる時が来る、と彼は思った。

長安の栄華はいよいよ募った。彼が奢《おご》れば奢るほど、家康からの圧迫感も恐怖も遠のいた。いつ二人の間に張られた均衡が傾くかと待つような愉《たの》しみさえあった。不安はなかった。

慶長十八年四月、大久保石見守長安は駿府に病んだ。連日、霖雨《りんう》がつづき霽《は》れなかった。病いときいて、伊達政宗、藤堂高虎、土井利勝《どいとしかつ》、細川忠興《ほそかわただおき》などの諸大名から見舞いが来た。大名たちは日ごろ何かと長安に意を通じてきたが、こちらの心には何の益もない人たちであった。将軍秀忠は医師半井驢庵《なからいろあん》を見舞いとして寄越した。秀忠も、彼には心のつながりのない人であった。

いよいよ、家康が、長安の病いの篤《あつ》いのを知って、医師片山宗哲《かたやまそうてつ》を見舞いとして差しむけた。長安が待っていた人間であった。

「宗哲殿。大御所様はいかがじゃな?」

と長安は問うた。

家康は如何《どう》している?　これこそ、死にぎわの彼の質問であった。ついに彼の死まで均衡を破らなかった打算者家康に対する揶揄《やゆ》を含んだ問いであった。

「されば大御所様にはますますご機嫌うるわしゅうござります。石見守様のご快癒《かいゆ》を口癖に仰せられておりまする。」

と何も知らない宗哲は、慰め顔に長安の顔をさし覗いた。

しかし、家康の回答は長安の死後、十日もたたぬうちにあった。

——大久保石見守跡之勘定、手代共被㆓召出㆒御改之処、過分私曲有㆑之で、金棺に入れて甲州に葬るはずであった長安の屍体《したい》を地中からあばいて、安倍川原にさらした。屍体は暑気のため崩れていた。

彼の私財はことごとく取りあげ、その手代どもは諸大名へ預け、七人の子を死罪とした。

長安の処分ことごとくあいすませたと本多正純が報告したとき、家康は、

「山師めが！」

と一語を吐いて横を向いた。

人を致して

伊東潤

一

「何だと」

その客の名を聞いた時、家康《いえやす》は聞き違いかと思った。

小姓《こしょう》が出してきた薬湯《やくとう》を喫《きっ》し、頭をはっきりさせると、来客の名を告げてきた本多佐渡守正信《ほんださどのかみまさのぶ》に確かめた。

「それは真《まこと》か」

「いかにも。かの御仁《ごじん》であらせられます」

正信は、この世のすべてを知悉《ちしつ》しているようなしたり顔を上下させた。

「で、どこにいる」

「内々のことと申すので、小書院に待たせてあります」

「会おう」

すでに寝《しん》に就いていた家康は、衾《ふすま》をはねのけると立ち上がった。

前後左右から小姓が取り付き、瞬《また》く間に寝衣《しんい》が剝《は》ぎ取られると、小袖《こそで》に着替えさせられていく。

——かの男が、わしに何の用があるのだ。

渡り廊《ろう》を歩きつつ、家康はあれやこれやと考えをめぐらせた。

家康と正信が入室すると、男は挨拶《あいさつ》のつもりなのか首を軽く傾《かたむ》けた。

「卒爾《そつじ》ながら、話があってまかり越しました」

——いつもながら憎々しき面《つら》よ。

その金柑頭《きんかんあたま》と正信以上のしたり顔を見ていると、虫唾《むしず》が走る。

しかし、その頭から溢《あふ》れ出る知恵が豊臣《とよとみ》家を支えてきたのは事実であり、その頭なくして豊臣家が立ち行かなくなるのも自明なのだ。

男の二間《けん》（約三・六メートル）ほど斜め後方には、一人の武士が端座《たんざ》していた。腰に差しているのは脇差《わきざし》一本だが、その姿勢には寸分の隙《すき》もない。

「これほどの夜分にご面談をお許しいただき、恐縮至極《しごく》」

男が両拳《りょうこぶし》を畳につき、金柑頭を少し下げた。それは正二位《しょうにい》内大臣《ないだいじん》の徳川《とくがわ》家康に対して、礼を尽くしているとは言い難い。

「われら政務を執《と》る者にとっては、昼も夜もありませぬ」

「さすが豊臣家の執政《しっせい》」

――此奴《こやつ》、決めつけてきたな。

家康を豊臣家の執政と決めつけることで、三成《みつなり》はその枠内に押し込めようとしている。

秀吉《ひでよし》という漬物石《つけものいし》がなくなり、家康は生まれて初めて自由になった。しかし豊臣家の執政という地位を克服していくのは、容易なことではない。

――わしは時を無駄にできぬ。

家康は五十八歳になっていた。

「お顔色もよきようで何より。これからも、われら豊臣家中《かちゅう》は頼りにしておりますぞ」

眼前の男が、家康の足に枷《かせ》をはめようとしているのは明らかだった。

――もう、漬物樽の中には戻らぬぞ。

家康の生涯は、常に漬物石に頭を押さえられてきたようなものだった。今川義元《いまがわよしもと》、織田信長《おだのぶなが》、そして秀吉と、常に家康は上位者の下知《げち》に従わねばならなかった。

「して、何用ですかな」

気まずい時間を早く切り上げたくなった家康は先を急いだ。

「はい」と答え、石田《いしだ》三成が威儀《いぎ》を正す。それに合わせるように、背後の男も背筋を伸ばした。

――島左近《しまさこん》か。

どのような弱兵でも、この男に采配《さいはい》を執らせると人変わりしたかのように強くなると聞いたことがある。

――だがしょせんは侍《さむらい》大将よ。

侍大将は大局を動かせない。大局を動かせるのは、その上に立つ大名なのだ。

三成が立て板に水を流すように語る。

「さて、関白《かんぱく》殿下ご健在のみぎりより、われら奉行《ぶぎょう》衆と武力に重きを置く者どもとの間に疎隔《そかく》が生じ、豊臣家中が混乱しているのはご存じの通り」

「ほほう」

さも知らなかったかのように、家康が目を見開く。

武力に重きを置く者どもとは、加藤清正《かとうきよまさ》、浅野幸長《あさのよしなが》、福島正則《ふくしままさのり》、細川忠興《ほそかわただおき》、黒田《くろだ》長政《ながまさ》ら武断派《ぶだんは》と総称される豊臣家大名たちのことだ。

「豊臣家のことを一顧《いっこ》だにせず、一時の感情に流されるかの者らには、ほとほと手を焼いております」

――よく言うわ。

本を正せば朝鮮出兵時、安全圏に身を置きながら秀吉に讒言《ざんげん》を繰り返し、武断派諸将を窮地《きゅうち》に陥《おとしい》れたのは三成だ。加藤清正に至っては切腹寸前まで追い込まれた。

むろん三成には三成の正義があり、出兵に積極的な武断派諸将を糾弾《きゅうだん》することにより、相対的に自らの発言力を強め、迅速《じんそく》に日本軍を撤退させようとしたのだろう。

しかし味方を貶《おとし》めるような行為を、家康は認めたくない。

「かの者らは、豊臣家にとって百害あって一利なし」

「ほほう」

「これまでは加賀大納言《かがだいなごん》（前田利家《まえだとしいえ》）の威徳《いとく》により、かの者らも大人《おとな》しくしておりましたが、大納言が、かような有様となられては――」

三成が無念そうに唇を嚙む。

「大納言のご容体《ようだい》は、それほどお悪いのか」

家康はいかにも心配そうに問うたが、そんなことくらい事前に調べはついている。

家康は前田屋敷にも多くの手の者を入れており、おそらく利家の病状は、三成よりも詳しいはずだ。しかしこの場は、利家の病状を三成の口から言わせることが大事なのだ。

「事ここに至れば、嘘偽りは申しますまい。大納言のお命は、残すところ半月かそこらかと」

「それほどとは――」

家康がため息をつくと、三成が敵意の籠《こ》もった視線を向けてきた。

すべての状況が家康有利に働いている現状に、三成が歯噛みしているのは明らかだ。

「真に無念ながら、もはや快復《かいふく》の見込みはないかと」

――よし、よし。

すでに把握《はあく》していることとはいえ、あらためて三成からそれを言われると、喜びが込み上げてくる。

そんな心中をおくびにも出さず、家康は威儀を正すと問うた。

「つまり大納言がご遠行《えんこう》なされば、清正らを抑《おさ》える者がいなくなると仰《おお》せか」

「いかにも」

「となると、ご来訪の主旨《しゅし》は、それがしに、かの者らを抑えてほしいということですな」

「いいえ」

三成の目が光る。

「では、何をお望みか」

「内府《だいふ》のお力を借り、かの者らを除くほかないと考えております」

「除く――、と」

予想もしなかった三成の言葉に、家康は面食らった。

「しかし石田殿、いくらなんでも――」

「それは重々承知の上。それでも豊臣家のため、また徳川家のためにも、やらねばなりません」

「徳川家のためと仰せか」

「はい。そう申しました」

「どういうことですかな」

いつの間にか、話の主導権は三成に握られてしまった。

「かの者らを除けるのなら、豊臣家の天下をそっくりお渡ししても構いません」

家康と正信が、呆気《あっけ》に取られて顔を見合わせる。

「公儀《こうぎ》としての豊臣家を手じまいしても構わぬと仰せか」

「はい。むろん豊臣家の存続と、秀頼《ひでより》様の地位保全、また、その所領と権益を寸分たりとも削らぬことをお約束いただきます」

──そういうことか。

あらためて家康は、三成の頭のよさに感嘆させられた。

秀吉の死と同時に、公儀としての豊臣家は実権を失いつつあり、家康をはじめとした諸大名は自領内に新たな城を築き、道路を造り、また大名どうしが勝手に婚姻関係を結ぶなど、群雄割拠《ぐんゆうかっきょ》の状態に戻り始めている。このままいけば、豊臣家の存続さえ危うくなる。

こうした状況を憂慮《ゆうりょ》した三成は、政権を家康に譲り渡すことで、豊臣家の安泰《あんたい》を図ろうというのだろう。

「この条件をのんでいただけるなら、内府が政権の中心に座り、思い通りの政《まつりごと》を行っても構いません。なんならこの治部《じぶ》が内府の手足となりましょう」

「いや、これは参った」

懐《ふところ》から懐紙《かいし》を取り出した家康は、額の汗をぬぐった。

ちらりと背後の正信を見やると、その顔に「罠《わな》」と書いてある。

——だが罠に近づかずして獲物は手にできん。

家康は一歩、踏み込んでみた。

「しかし清正たちを除くと言っても、かの者らは徒党《ととう》を組んでおりますぞ。われら大老《たいろう》と奉行が連名で騒がぬよう注意を促《うなが》しても、彼奴らは聞く耳を持たぬはず」

「そんなめんどうなことはしません」

三成の口端《くちは》に笑みが浮かんだ。人を小馬鹿にしたような独特の笑みだ。

「と、仰せになると」

「かの者らを一網打尽《いちもうだじん》にしてしまう所存《しょぞん》」

「一網打尽と――」

「はい。戦場に引きずり出し、一気に屠《ほふ》ります」

「いやはや、なんと威勢のいいことを――」

家康が皮肉な笑みを浮かべた。

――この素人《しろうと》め。

戦《いくさ》を知らぬ者ほど、戦で物事を決したがる。その逆に、戦の怖さを知る者が戦に踏み切るのは、どうにもならない時だけだ。

家康の心中を察したのか、三成が付け加えた。

「この治部、だてに豊臣家の奉行を務めてはおりませぬ」

その顔は自信に溢れている。

「分かりました。方策をお聞きしましょう」

「やれやれ」と思いながらも、家康は話を聞くことにした。


話を聞き終わり、三成と島左近を別室で待たせた家康は、正信と密談に及んだ。

「どう思う」

すっかり眠気の吹き飛んだ家康が問う。

「いかにも小才子《こざいし》の頭から出たもの。申し分のない算用《さんよう》です」

「佐渡もそう思うか」

「はい。ただ――」

今年で六十二になる正信が、その垂れた頰《ほお》に笑みを浮かべた。

「雲一つなき月夜ほど、用心して歩かねばなりません」

「ははは、佐渡には珍しく粋《いき》なことを言う」

二人は忍び笑いを漏らした。

「静けさに包まれている野っ原でも、人の見えぬところで、狐《きつね》と狸《たぬき》が互いを出し抜こうと駆け引きをしております」

「その通りだ」

「互いに獲物を分け合うと言いつつも、隙あらば独り占めしたいのは、獣も人も同じ」

「ではこの話、乗らぬがよいか」

「いえいえ、乗らぬことには何も始まりません」

「やはりな」

——こちらは隙を見せず、相手の隙を突くということだな。

家康が膝《ひざ》を打った。

「乗るか」

「乗らいでか」

正信が垂れた頰を震わせる。

再び三成の許《もと》に現れた家康は、策に乗る約束をした。

この瞬間、不倶戴天《ふぐたいてん》の敵どうしが手を組むことになった。

二

密談から、おおよそ半月後の慶長《けいちょう》四年（一五九九）閏《うるう》三月三日、大老の一人にして秀頼の傅役《もりやく》の前田利家が、六十一年の生涯を閉じた。

この間、家康は三成に提案された通り、娘婿《むすめむこ》の池田輝政《いけだてるまさ》を呼び出し、利家の死と同時に清正らを焚《た》き付け、三成を襲撃するよう示唆《しさ》した。むろんすべてを話さず、三成を失脚させるための方途《ほうと》として襲うのだと、輝政には言い含めている。

輝政に否《いな》はなく、「義父上《ちちうえ》の仰せのままに」と言うと、すぐに行動に移った。

輝政は、加藤清正、浅野幸長、福島正則、細川忠興、黒田長政、加藤嘉明《よしあき》ら武断派の傍輩《ほうばい》と語らい、利家逝去《せいきょ》の夜、大坂城内の石田屋敷を襲い、三成を捕らえることにした。しかし彼らが石田屋敷に押し寄せた時、すでに三成は伏見《ふしみ》に落ちた後だった。

この頃、家康は伏見城におらず、伏見城とは宇治川《うじがわ》を隔てた南側にある向嶋城《むかいじまじょう》に移っていた。一方、伏見城には長束正家《なつかまさいえ》と前田玄以《げんい》がいる。さらに伏見城内の治部少丸《じぶしょうまる》には三成の曲輪《くるわ》と屋敷があり、些少《さしょう》の人数も置いている。佐和山《さわやま》から後詰《ごづめ》を呼び寄せるにしても、伏見の方が都合よい上、伏見なら兵を集めても、敵方から「秀頼様に対する謀反《むほん》だ」などと騒がれることもない。

三成は伏見城内にある治部少丸に身を隠すや、家康に無事を伝えてきた。

――なるほど。さすが治部少、伏見への逃走は理に適《かな》っているな。

家康が感心していると、早くも七将がやってきた。

三成の隠れている場所が治部少丸と分かったものの、七将とて伏見城を攻めるわけにはいかない。そこで家康に面談を請《こ》うや、大老筆頭の権限で、三成を捕らえてくれと息巻いた。

七将は家康と三成の険悪な関係を知っており、当然、家康も同意するものと思っていた。しかし家康は、三成に奉行職を辞任させ、本拠の佐和山に隠退させるという条件で、七将に矛《ほこ》を収めさせようとした。

ところが七将は収まらず、「それならば、われら今から治部少丸に攻め込み、三成の首を獲る」と騒ぎ出した。

やれやれと思いつつ家康が、「豊臣家の奉行である三成に、かような横暴を働くと仰せなら、この家康がお相手いたす」と脅《おど》すと、七将は慌《あわ》てふためき「さようなつもりはありませぬ」と申し開き、すごすごと大坂に戻っていった。

十日、家康は護衛に次男の結城秀康《ゆうきひでやす》を付け、三成を佐和山まで送り届けると、十三日、伏見城西ノ丸に入る。

実を言うと、ここまでは三成と打ち合わせた通りだった。

続いて家康は、どこかの鴨《かも》に謀反の疑いをかけ、七将を率いて出征《しゆっせい》せねばならない。

「誰にするか」と伏見城で頭を悩ませていると、三成から「前田利家の跡を継いだ利長《としなが》が、よろしいのでは」という打診が入ってきた。

利長は領国が加賀ということもあり、畿内から近すぎず遠すぎず、出征するには手頃だ。

——勢子《せこ》が獲物を罠に追い立てる距離は、短いに越したことはない。

家康は、それを鹿狩りから学んだ。

九月七日、伏見城を出発した家康は、大坂に赴《おもむ》き、石田三成の旧邸に入ると、大坂城に登城して秀頼に拝謁《はいえつ》した。この時、五十八歳の家康に対し、秀頼はわずか七歳だ。

その後、家康は何のかのと理由を付けて大坂城に居座り、二十七日に西ノ丸に移ると、そのまま腰を落ち着けた。

これは秀吉の遺言に背《そむ》くことだが、毛利輝元《もうりてるもと》、宇喜多秀家《うきたひでいえ》、上杉景勝《うえすぎかげかつ》、そして前田利長ら大老職にある者は、そろって国元に帰っており、誰も文句を付ける者はいない。むろん、これも三成の根回しによる。

十月二日、奉行の浅野長政《ながまさ》と秀頼側近の大野治長《おおのはるなが》が、家康の謀殺《ぼうさつ》を企《くわだ》てているという噂を口実に、伏見から兵を呼び寄せた家康は、翌三日、大坂在陣諸将を集めると、「加賀中納言《ちゅうなごん》に謀反の疑いあり」として、北陸への遠征を表明した。

しかし利長は、実母の芳春院《ほうしゅんいん》を人質に差し出して平身低頭してきたので、これを許さざるを得なくなる。さらに三成の示唆により、細川忠興にも難癖を付けるが、こちらも八方陳弁《ちんべん》し、家康に服従を誓ってきた。

家康は豊臣大名たちのふがいなさにあきれたが、年が明けて慶長五年(一六〇〇)、佐和山の三成から「会津《あいづ》中納言を挑発したらいかが」という具申《ぐしん》があった。

会津中納言とは、会津百二十万石の主《あるじ》・上杉景勝のことだ。

三成としては、己《おのれ》に近い景勝を使いたくないはずだが、背に腹は代えられない。しかも狙いは景勝ではないので、後から埋め合わせできるとでも考えたのだろう。

前年の慶長四年七月に帰国した景勝は、領内に新たな城を築き、浪人を召し抱え、道路網を整備するなど、謀反の疑いをかけるには事欠かない。

こうした上杉家の動きを、越後《えちご》の堀直政《ほりなおまさ》が「謀反の兆《きざ》しあり」と訴えてきており、また上杉家外様《とざま》家臣の藤田信吉《ふじたのぶよし》も、出奔《しゅっぽん》した上、家康に「景勝謀反」を伝えてきている。

家康は、三成が書いて寄越した景勝の「非違《ひい》八箇条」を、祐筆《ゆうひつ》に清書させて景勝に送り付け、誓詞《せいし》の提出と景勝本人の上洛《じょうらく》を促した。

案に相違せず、この挑発に上杉家の執政・直江兼続《なおえかねつぐ》が乗ってきた。兼続は気位《きぐらい》が高く、自分より賢い者はいないと思い込んでいるので、釣り上げるのに、これほど容易な魚はいない。

その返書で、兼続は「非違八箇条」を一つひとつ論破し、「内府様、ないしは江戸中納言様（家康三男の秀忠《ひでただ》）ご下向《げこう》の折は準備万端整えて待っている」という挑発的な言葉で締めくくった。これが「直江状」だ。

五月三日、この書状を読んだ家康は、諸将の前で激怒したふりをし、ただちに会津征伐《せいばつ》の陣触れを発した。

これに驚いたのは、何も知らない豊臣家中だ。

前田玄以、増田長盛《ましたながもり》、長束正家の三奉行や、堀尾吉晴《ほりおよしはる》、中村一氏《なかむらかずうじ》、生駒親正《いこまちかまさ》の三中老も、懸命《けんめい》に家康をなだめたが、家康は聞く耳を持たない。

六月二日、会津征伐の大軍議を開いた家康は、諸将の軍役《ぐんえき》と配置を決定、十五日には、秀頼から軍資金と兵糧《ひょうろう》を贈られたことで、出征の大義名分もできた。

十六日に伏見城に入った家康は、徳川家の畿内の本拠である伏見城の守備を、鳥《とり》居元忠《いもとただ》や松平家忠《まつだいらいえただ》率いる千八百余の兵に託すと、十八日には会津に向けて出陣する。

東海道を下《くだ》った家康は七月二日、秀忠に迎えられて江戸城に入ると、参陣諸将を集めて「軍法十五箇条」を通達し、自らの会津出陣を二十一日とした。

出陣を明後日《みようごにち》に控えた十九日、家康の許に「三成挙兵」の一報が届いた。

――遂に賽《さい》が振られたな。

三成が、家康の罪科を十三箇条にわたってあげつらった「内府ちがひの条々」に目を通しながら、家康はにやりとした。

「殿、よろしいか」

襖《ふすま》を隔てて本多正信の嗄《しやが》れ声が聞こえた。

「ああ、構わぬ」

「ご無礼仕《つかまつ》ります」と言って、正信が這《は》いつくばるようにして入ってきた。

鷹匠上《たかじよう》がりのこの老人は、家康の家臣になるのが遅かったためか、家康に対して常に慇懃《いんぎん》に接する。それが、主を主とも思わず何事にも遠慮のなかった三河譜代《みかわふだい》の面々とは違う。

「その顔からすると、よい話ではなさそうだな」

「はい。面倒なことになりました」

「またか」と思いつつ、家康が先を促した。

「構わぬから話せ」

「実は毛利ですが――」

かつて一向宗徒《いっこうしゅうと》だったこの老人は、不安になると、指に絡ませた数珠《じゅず》をじゃらじゃらさせながら話す癖がある。

「まさか、毛利めが相手になるとでも言うのか」

「はい。どうやら七将を手ぬかりなく討つべく、三成が安国寺恵瓊《あんこくじえけい》を動かしたらしく、この十七日、安芸《あき》中納言自ら大坂城に入った模様」

安芸中納言とは、毛利家の当主・輝元のことだ。

「それを誰が知らせてきた」

「増田長盛――」

長盛は三成に近い立場だが、二股掛けているらしい。

「厄介《やっかい》なことになったな」

脳裏に一瞬、不安がよぎる。

家康としては、三成、宇喜多秀家、小西行長《こにしゆきなが》、大谷吉継《おおたによしつぐ》らと、福島ら武断派諸将を戦わせ、双方に相応の損害を負わせ、その傷から立ち直らぬうちに、有無を言わさず天下の覇権《はけん》を握るつもりでいた。しかし毛利が出てくるとなると、事はそれだけで済まない。

「吉川《きつかわ》に命じ、輝元を大坂城から出さぬようにいたせ」

吉川広家《ひろいえ》は毛利一族の一翼を担《にな》う親徳川派だが、家中政治では、親石田派の安国寺恵瓊に後《おく》れを取っている。

「毛利が出なければ、秀頼も出まい。とにかく毛利を城から出さぬことだ」

「吉川には『何とかせい』と言っておりますが、いかんせん安芸中納言の大坂入りを止められなかったのですから、果たして城から出さぬようにできるかどうか」

「それもそうだな」

しばし考えた後、家康が言った。

「それなら増田に、いかなる手を使っても、輝元を城から出さぬよう命じろ」

家康が爪《つめ》を嚙みつつ言った。

「増田に、それができるとは思えませぬが――」

「やらせるしかあるまい！」

「ははっ」

家康の怒声に正信がたじろぐ。

「毛利が出てくれば、長宗我部《ちようそかべ》（盛親《もりちか》）、鍋島《なべしま》（勝茂《かつしげ》）、立花《たちばな》（宗茂《むねしげ》）らも本気で戦うぞ」

「仰せの通りで」

正信の数珠の音が苛立《いらだ》ちを募《つの》らせる。

毛利の強さや大きさを知る西国《さいごく》大名たちが、勝ち馬に乗ろうとするのは当然だ。家康の脳裏に、七将を破った勢いで徳川勢に襲い掛かる敵の姿が浮かんだ。

――三成め、事がうまく運べば、当然、そうするだろうな。

家康と三成は、裏で手を組んでいると言いながらも、有利な方が、いつ手を放すとも限らない微妙な関係にある。

――これまでわしは、後手《ごて》にばかり回ってきた。

家康の脳裏に、武田信玄《たけだしんげん》との一連の戦いでしてやられてきたことや、小牧長久手《こまきながくて》の戦いで秀吉の政治手腕の前に敗れ去ったことが、次々と思い出された。

――人を致《いた》して人に致されず、か。

これは孫子《そんし》の教えの一つで、「人を思うように動かし、人の思惑《おもわく》通りには動かない」という謂《いい》だ。

信玄には幾度となく痛い目に遭《あ》わされ、信長には家臣同然の扱いを受け、秀吉には負けていないのに詫《わ》びを入れさせられた。その時、大坂城の青畳に擦《す》り付けた額の感触を、家康は今でも覚えている。

――思えば、他人に致されてばかりの生涯だったな。

信玄、信長、秀吉、そして石田三成が、己よりも頭がいいことは間違いない。しかし今度ばかりは、致されてしまえば、すべてを失うことになる。

――もう、わしは致されぬぞ。

そのためには、三成の上を行く手札を用意せねばならない。

家康の脳裏に、一人の男の顔が浮かんだ。

「金吾《きんご》はどうする」

金吾とは小早川秀秋《こばやかわひであき》のことだ。秀秋は左衛門督《さえもんのかみ》なので、その唐名《とうみょう》の金吾と呼ばれていた。

「しかと擦り寄ってきております」

正信がにやりとする。

家康は、すでに秀秋の筆頭家老・平岡頼勝《ひらおかよりかつ》の弟の資重《すけしげ》を人質として送らせていた。平岡兄弟は以前から秋波《しゅうは》を送ってきており、「何かあれば、小早川家二万の精兵を内府の馬前に並べまする」とまで言ってきていた。

本を正せば平岡頼勝と資重の兄弟は、秀吉の甥《おい》である秀秋が小早川家に養子入りした際、稲葉正成《いなばまさなり》と共に小早川家に入った秀秋の付け家老だ。小早川家やその寄親《よりおや》の毛利家に対する忠誠心など毛ほどもない。

――いずれにせよ、平岡や稲葉は信じられても、金吾は分からぬ。

秀秋という小僧に命運を握られていることが、家康には不快だった。

「本当に金吾は大丈夫か。彼奴は優柔不断《ゆうじゆうふだん》を絵に描いたような男だ」

「分かっております。それゆえ誰か気の利《き》いた者を、目付として送り込むほかありませぬ」

――金吾を使うほか、治部少の裏切りに備える手札はない。当面は頻繁《ひんぱん》に使いを出し、その真意を確かめつつ、事を進めるしかあるまい。

七将の大半を屠りたい三成としては、自陣営の強化にいそしむのは当然だ。しかし家康としては、七将が一方的にやられるのも困る。

――刺し違えるくらいでないとな。

だいいち蛮勇《ばんゆう》を誇る福島正則でさえ、勝算がなければ戦はやらない。つまり福島らに、「この戦は勝てる」と思わせねばならないのだ。

「最も困るのは、双方にらみ合ったまま動かぬことだ」

「仰せの通りで」

「まずは、市松《いちまつ》（福島正則）を勝てる気にさせねばならぬ」

そのためには、様々な手を打つ必要がある。

「内府ちがひの条々」が書かれた巻物を放ると、家康は言った。

「佐渡よ、ここからが知恵の絞りどころだ」

「はい。この年で、これほどの楽しみができるとは思いもよりませなんだ」

正信が再び平伏《へいふく》した。その禿《は》げ上がった頭頂を見つめつつ、家康は、この計画の主導権をいかに握るかを考えていた。

三

七月二十一日、会津に向かった家康だが、二十三日、下総古河《しもうさこが》まで来たところで、三成ら西軍が、伏見城を囲んだという一報を受けた。

ここまでは、事前に打ち合わせた通りだ。三成挙兵の噂は、すでに諸将にも届いているに違いなく、秘密にしておく必要はない。

家康は諸将を集めて三成挙兵を通達すると、ひとまず下野小山《しもつけおやま》に向かうよう命じた。

諸将は「すぐに伏見城に後詰を」と色めき立ったが、家康は籠城《ろうじょう》戦にならないことを知っていた。

――治部少の開城勧告《かんこく》に従い、素直に城を開くはずだ。

伏見城の留守を託した鳥居元忠、頑固者ぞろいの三河武士の中でも輪をかけて頑固で、納得しないと梃子《てこ》でも動かない。

事態がややこしくなるので、江戸に連れてきてしまえばよかったのだが、元々、伏見城の留守居役《るすいやく》を申し付けていたため、無理に連れてこようとすれば、また一悶着《ひともんちゃく》ある。

それが面倒で置いてきたのだが、伏見城が囲まれたら即座に降伏開城するよう、副将格の松平家忠に申し付けてきたので、家康は安心していた。

すでに元忠は齢《よわい》六十二を数え、かつての英気も失《う》せつつあり、家忠が「主命に候《そうろう》」と言えば従うに違いない。念のため、「城を囲まれたら降伏せよ」という自筆書状を家忠に託してきたので、さすがの元忠も勝手なことはしないはずだ。

それでも安心できない家康は、四月二十七日、大坂にやってきた島津義弘《しまづよしひろ》に使者を送り、万が一の仲介役を依頼した。

すなわち元忠が「降伏などせぬ」と言い張ったら、義弘に「それでは、お味方するので入城させてほしい」と言わせるのだ。むろんそれは方便《ほうべん》で、元忠を説得するために城に入ってもらう。

ところが小山に向かう途次《とじ》、家康の駕籠《かご》横に本多正信が駆け付けてきた。

「殿、よろしいか」

正信は、すでに数珠をじゃらつかせている。

「よろしいも何もない。早く申せ」

「十九日、伏見城攻めが始まったようです」

「何だと。治部め、話が違うではないか！」

「お静かに」と正信がたしなめる。

「実は、治部少めは十八日、安芸中納言の名で開城勧告を行っているのです」

「ということは――」

「彦右衛門《ひこえもん》（鳥居元忠）が、それを拒絶し――」

「何だと。又八はどうした」

又八とは松平家忠のことだ。

「それが――」

正信が言いよどむ。

「どうしたというのだ」

家康が駕籠の御簾《みす》を上げた。

「裏切り者として彦右衛門に殺されました」

「何だと」

「それゆえ、殿の書状を彦右衛門に見せる暇もなかったはず」

家康は暗澹《あんたん》たる気分になった。

――やはり、彦右衛門を残してきたのは間違いだったたか。

「島津はどうした」

「彦右衛門が、頑として城に入れないとか」

「何ということだ」

これにより、死ななくてもよい多くの家臣の命が失われる。

「治部少の方も城攻めを中止し、降伏開城させようと画策しておるようですが、城攻めの総大将となった備前《びぜん》中納言が聞かぬようで」

備前中納言とは宇喜多秀家のことだ。

「そちらにも頑固者がおるのか」

東軍と違い、西軍は傘下《さんか》武将たちが石田三成の命を奉じるとは限らない。しかし家康とて、幼馴染《おさななじみ》の鳥居元忠を思いのままに動かせないのだ。

「殿、もう伏見城は、あきらめるしかありません」

家康は舌打ちした。徳川の兵が一人でも死ぬくらいなら、こんな策に乗らない方がよかったのだ。だが今更、後には引けない。

――このままでは、わしも治部少も周りの馬鹿どもに致されて、共倒れするだけだ。

家康は薄くなった頭を抱えた。


二十四日、小山城に入った家康は、翌日、参陣諸将を集めて軍議を催《もよお》した。

その席での家康の一言に、諸将は動揺する。

「おのおの方の妻子は、大坂に人質に取られておる。さぞや心配でござろう。さすれば速やかにこの陣を払い、治部少や備前中納言に味方しようと苦しからず。わが領内においては、行軍の心配はご無用。心置きなく上坂《じょうはん》なされよ」

家康の言葉が本気かどうか推し測るように、諸将が左右の傍輩と顔を見合わせる中、福島正則が立ち上がった。

「余人は知らぬが、拙者《せっしゃ》は、妻子の命を捨てても内府殿にお味方仕る。治部少めは『秀頼様の御為《おんため》』と申しているらしいが、秀頼様は幼く、何もご存じないはず。そこに付け込むなど、治部少めが君側の奸《かん》である証《あかし》ぞ」

これで流れが決まった。

諸将はこぞって、家康に「お味方仕る」と言い募った。

むろん家康は、黒田長政を使って事前に根回しを行い、正則にこの言葉を言わせていた。

さらに山内一豊《やまのうちかずとよ》が、自らの居城である遠江《とおとうみ》国の掛川《かけがわ》城を家康に献上《けんじょう》すると申し出ると、東海道に城を持つ諸将もこれに倣《なら》い、東軍の意気は天を衝《つ》くばかりとなった。

続いて軍議に移り、すぐに畿内に取って返して逆賊三成を討つことで一致した。

家康は、次男の結城秀康率いる二万の兵を宇都宮《うつのみや》城に配し、さらに伊達政宗《だてまさむね》と最《も》上義光《がみよしあき》に上杉方を牽制《けんせい》させるなどして、万が一の上杉勢南下に備えさせると、江戸城に戻ることにした。

その前日の深夜、小山城内で、家康は正信と額を突き合わせるようにして語らっていた。

「伏見城が落ちたか」

「はい。八月一日に落城し、彦右衛門以下、大半の将士が討ち死にいたしました」

「半月も粘ったのは見事だったな」

「なあに、治部少が力攻めしなかったからでござろう」

家康がぎろりとにらむと、正信は「これは失礼」と言って、短い首を引っ込めた。

「さて、ここからどうする」

「まずは、福島らを上方《かみがた》に向かわせねばなりますまい」

「そうだな。わしが行かずとも彼奴らは行くか」

「すでに池田殿に根回しし、明日にも先手を出陣させるようにいたしました」

池田輝政の部隊を先手として出陣させれば、福島正則らも負けじと続くはずだ。

「市松は何と言っておる」

「己の手で治部少の首をむしり取るとか」

正信が歯のない口をあけて笑った。この老人は、これまでの生涯で一度として槍働きをしたことがないためか、その劣等感の裏返しとして猪《いのしし》武者《むしゃ》を軽蔑している。

「それならよい。で、治部めは何か申してきているか」

「もちろんです」

正信が、いかにもうれしそうに島左近が送ってきた書状を渡した。

「濃州《のうしゅう》関ヶ原《せきがはら》に馳《は》せ向かう、とな」

「治部少は関ヶ原に陣を築き、市松らを誘い込むつもりのようです」

関ヶ原は、中山道《なかせんどう》、北国《ほっこく》街道、伊勢《いせ》街道が交錯《こうさく》する四通八達の要地だが、東西一里（約四キロメートル）、南北半里ほどの狭隘《きょうあい》地でもあり、北に伊吹《いぶき》山系、南に鈴《すず》鹿《か》山脈と、周囲が山で囲まれているため、決戦となれば、双方後に引かぬ白兵戦が展開されるのは必至だ。

――いわゆる死地だな。

死地とは敵を誘い込み、打撃を与える作戦上の要地のことを言う。

「その前に、市松らに立ちはだかる者はおらぬのか」

「岐阜《ぎふ》中納言くらいかと――」

岐阜中納言とは、織田信長の嫡孫《ちゃくそん》の秀信《ひでのぶ》のことだ。秀信は美濃《みの》岐阜十三万石の領主として岐阜城を本拠としている。今回の出征には「行く」と言いながら従わず、三成の誘いに応じて西軍に付いていた。

「あの小僧は城に籠もるだろう。さすれば、われらは岐阜城を攻めねばならぬ。天下の要害《ようがい》と謳《うた》われた岐阜城を落とすのは容易でないぞ」

「いえいえ、そこは治部少のこと。抜かりはありません。すでに手を回し、市松らと野戦で雌雄《しゆう》を決せさせると申しております」

正信は、詳細についての書状を島左近と頻繁に取り交わしている。

「つまり織田勢によって市松らに痛手を負わせておき――」

「関ヶ原で壊滅《かいめつ》させようというのが、謡本《ようほん》の筋書きでしょう」

――さすがだな。

三成は信長の嫡孫を捨て駒として使い、福島らに傷を負わせた上、関ヶ原という死地を一つの城に見立て、誘い込もうというのだ。

「島左近によると、治部少らは北国街道の通る笹尾山《ささおやま》と天満山《てんまやま》の間を遮断《しゃだん》する塁線《るいせん》をすでに築いており、殿には福島らを関ヶ原に追い込んでほしいとのこと」

「関ヶ原に猪どもを追い込む勢子の役割を担うのが、わしというわけか」

「そうなりますな」

「双方が正面からぶつかれば、われらも火の粉を浴びる」

西軍が福島らを圧倒してしまえば、後方にいる徳川勢も敗走する福島らに巻き込まれ、大きな痛手をこうむることになる。

「それゆえ藤古川《ふじこがわ》南岸に大谷、平塚《ひらつか》、脇坂《わきさか》らを配し、側面から福島らを攻撃するとのこと」

「治部めは、福島らの敗走が、われらに波及せぬよう配慮してくれているというわけか」

「御意《ぎょい》。しかも背後の南宮山《なんぐうさん》と栗原山《くりはらやま》には、毛利・長宗我部両勢が陣を布《し》き、福島らが死地に入れば、蓋《ふた》を閉めるという寸法」

こちらの毛利勢は、輝元率いる主力部隊ではなく、輝元の養子の秀元《ひでもと》を総大将に奉じ、吉川広家と安国寺恵瓊がそれを支える別働隊のことだ。

「釜ゆでのようなものだな」

「ははは、それは面白き喩《たと》えですな」

正信が声を上げて笑ったが、すでに家康は別のことを考えていた。

「彼奴は軍略でも侮《あなど》れぬ」

「それがしもそう思います」

家康が苦い顔をしたので、正信も真顔になった。

人には得手不得手《えてふえて》がある。しかし頭のいい人間は何をやらせてもそつなくこな
す。

――とは言うものの、最後の一歩で物を言うのは、これまでの場数よ。

家康は、それを幾多《いくた》の挫折《ざせつ》から学んでいた。

「治部めの思惑通りに進めば、どちらが勝っても、こちらに損はないな」

「仰せの通り」

家康は三成の作った死地の外で、豊臣家中が殺し合うのを見物するだけだ。

「面白くなってきたな」

「実に」

二人が忍び笑いを漏らした時、長廊を大股で歩く音が聞こえると、「父上に会いたい」という声が聞こえた。

「秀忠か」

「そのようで」

続いて「父上、火急の用あり、まかり越しました」という声が聞こえた。

やれやれと思いつつも、家康は入れざるを得ない。

襖を開けて秀忠が入ってきた。

「かような時間に何用だ」

「伏見の城が落ちたと聞きました」

「ああ、わしも聞いた」

「よろしいのですか」

「よろしいことはあるまい」

「それでは、すぐさま兵を発して大坂方を懲《こ》らしめるべし」

「中納言様」と正信が口を挟んだ。

今年で二十二になる秀忠は、すでに中納言の地位に就いており、諸将の間では江戸中納言と呼ばれていた。

「明日にも、池田や福島の先手が小山を出る段取りになっております。それゆえ、ご心配には及びませぬ」

「何だと——。それは真か」

正信を一瞥《いちべつ》すると、秀忠が家康に向き直った。

「伏見城を奪われただけでなく、父上股肱《ここう》の老臣どもを殺されたにもかかわらず、われらではなく豊臣家の者を遣《つか》わすと仰せか」

「ああ、そのつもりだ」

「それでは徳川家の名折れ。ここは、われらの手で治部少のそっ首を落とし、鳥居や松平の墓前に供すべきではありませぬか」

松平家忠は、公《おおやけ》には討ち死にしたことになっている。

――わしも、まだまだ楽隠居はできぬな。

秀忠の熱弁を聞きながら、家康は心中、ため息をついた。

「中納言殿、天下の執政たる者、私怨《しえん》は捨てねばならん」

「しかし、それでは武士の一分《いちぶん》が立ちません」

「分かっておる。わが家の面目《めんぼく》をつぶした者には、それなりの代償《だいしょう》を払わせる」

「それでは、すぐにでも――」

「まあ、急《せ》くな。まずは、同じ豊臣家中の者どもに咬《か》み合いをさせてからだ」

「それは一理ありますが――」

しかし秀忠は収まらない。

「彼奴らは同じ豊臣家中。市松らが治部少と語らい、馬首をそろえて、われらに向かってくるやもしれません」

「そんなことはない。彼奴らは仇敵《きゆうてき》同士だ」

「それでは上方に変事があった際、すぐにでも出馬できるようにいたしておきますが、それでよろしいか」

「分かった。そうしてくれ」

一礼すると、秀忠が下がっていった。

その威勢《いせい》のよい足音が遠ざかるのを確かめた家康は、ようやく口を開いた。

「彼奴にも困ったものだな」

「長らく柔弱《にゆうじやく》と言われてきた中納言様です。ここにきて武張《ぶば》った態度を取りたがるので、周りの者どもも迷惑しております」

秀忠は温和《おんわ》な性格で、武人というより吏僚《りりよう》向きだった。周囲がそう評価していることに気づいた秀忠は、無理に武辺者《ぶへんしや》ぶるところがあり、家康も持て余していた。

「このままでは、秀忠が市松らと先陣争いをすることになる」

「いかにも」

「江戸に残すか」

「それは聞き入れますまい」

　家康が上方に向かい、秀忠に留守居を託そうとすれば、必ず秀忠は「それがしが行きます」と言い張るに違いない。それを押さえ付けてしまえば、これまで築いてきた秀忠の権威が吹き飛び、周囲は「やはり徳川家は家康殿次第」ということにもなりかねない。

「それでは、こうしましょう」

　正信が膝を叩いた。

「それがしが、中納言様と共に中山道を行きます」

「それは妙案だな」

「その途次にある小城でも攻めながら、ゆるりと西に向かいます」

　正信が口端に笑みを浮かべた。

「城を落とせ」と喚《わめ》く秀忠と、わざと城攻めを遅らせる己の姿が、すでに正信の脳裏には浮かんでいるに違いない。

「さすれば秀忠は、決戦の場に間に合わぬな」

「いかにも。しかし、犬どもの咬み合いが終わった頃には間に合わせます」

　二人は忍び笑いを漏らした。

四

八月五日に江戸に戻って以来、家康は直筆《じきひつ》書状ばかり書いていた。それ以外、何もしなかったと言ってもよい。

内容は情勢を把握するための質問と、それに答えてくれたお礼、また傘下諸将への指示だ。その数は実に百六十余通に上った。通常の年の四倍にも上る書状を、わずか二十六日間で書いたことになる。

それは、三成が何か策謀をめぐらしているのではないかという疑念から発していた。しかしさしあたり、三成は与党を増やす工作以外、家康を不安にさせるようなことはやっていない。

いかに優秀な三成とて、与党を増やすことばかりに躍起《やっき》になり、家康の最も嫌がることが何かまでは、考えが至らないのだ。

――小さき犬をいくらかき集めたところで、高が知れておる。それよりも安芸中納言という大犬の首根っこを摑《つか》み、戦場に引きずり出すことが肝要《かんよう》なのだ。しかし治部少は、場数を踏んでいないがゆえに、それに気づいておらぬ。

家康は一人ほくそ笑んだ。

六日から八日の間に順次、江戸を出発した福島正則、池田輝政、黒田長政、加藤嘉明、藤堂高虎《とうどうたかとら》、浅野幸長、山内一豊ら東軍三万五千余は、十三日、清須《きよす》城に入った。

一方、伏見城を落とした西軍は、伊勢、近江《おうみ》、丹波《たんば》の三方面に軍を分かち、それぞれ伊勢安濃津《あのつ》城、近江大津《おおつ》城、丹後田辺《たんごたなべ》城を攻めるかたわら、石田三成、小西行長、島津義弘ら主力勢二万余は大垣《おおがき》城に入った。

三成としては、安濃津城の富田信高《とみたのぶたか》、大津城の京極高次《きょうごくたかつぐ》、田辺城の細川幽斎《ゆうさい》といった七将同然の反三成派諸将を、決戦の前に叩いておこうというのだ。

これにより東軍は清須城、西軍は大垣城を拠点とし、対峙《たいじ》する態勢に入る。

家康は依然として江戸を動かず、名代《みょうだい》として井伊直政《いいなおまさ》と本多忠勝《ただかつ》（平八郎）を派遣《はけん》し、その命に従うように諸将に伝えさせた。ところが、家康が出馬しないと知った正則は、「自分たちを捨て石にするつもりか」と怒り狂った。

そうした状況を知らされた家康は、急遽《きゅうきょ》、村越茂助《むらこしもすけ》を使者として派遣、茂助に「おのおの手出しなく候ゆえ御出馬なく候」、つまり「諸将が敵城に掛からないから、（家康は表裏《ひょうり》を疑い）出陣しないのだ」と伝えさせた。

これに対して正則は、「仰せご尤《もっと》も」と言うや、茂助が着いた十九日のうちに、近隣の敵方三城（高須《たかす》・駒野《こまの》・津屋《つや》）を攻略した。

翌二十日、福島らは、大垣城の前衛の位置にある岐阜城攻撃に向かった。まず、その支城の犬山《いぬやま》・竹ケ鼻《たけがはな》両城を落とすと、二十二日、木曾川《きそがわ》河畔の米野《こめの》で、城を出撃してきた織田軍を破り、その勢いで岐阜城下まで迫り、翌二十三日にはこれを攻め落とした。

三成が籠城よりも渡河中を狙うことを勧めたのが、裏目に出たのだ。

織田軍のあまりの不甲斐《ふがい》なさに、福島らが手痛い打撃を受けたとは言い難い。それは、双方の均衡《きんこう》を保っておきたい家康にとっては朗報だった。

岐阜城陥落の一報を聞いた家康は、九月一日、三万二千の兵を率い、江戸城を後にした。

これより少し前の八月二十四日、宇都宮に残っていた秀忠は、三万八千の兵を率いて中山道を西に向かった。本多正信も秀忠に随伴している。

秀忠軍に敵対するのは信州《しんしゅう》上田《うえだ》城に籠もる真田昌幸《さなだまさゆき》くらいで、九月十日前後には、美濃辺《あた》りに着くという目論見《もくろみ》は、難なく果たせそうに思えた。

しかし秀忠は真田昌幸に翻弄《ほんろう》されて上田城を落とせず、攻略をあきらめて木曾川まで来たところで豪雨に見舞われ、川が増水して渡河できず、大幅に遅れることになる。

結局、正信が遅延工作を行わずとも、秀忠は決戦の場に間に合わなかった。

一方、三成は三成で弱り切っていた。

戦機が熟してきているにもかかわらず、秀頼と毛利輝元に出馬を促しても、大坂城を動かないのだ。

せめて輝元だけでも関ヶ原に出張《でば》ってもらわないことには、勝利は覚束《おぼつか》ない。

それでも九月二日、大谷吉継が敦賀《つるが》から関ヶ原に到着し、毛利輝元が着陣する予定の松尾山《まつおやま》山頂から北の山腹にかけての防御力を強化し始めた。すでに秀頼の御座所《ござしょ》となる玉城はでき上がっているので、後は秀頼と輝元を待つばかりだ。

三日には、宇喜多勢八千が伊勢での戦闘を切り上げて大垣城に入った。これにより大垣城にいる西軍は、三万近くに膨れ上がる。

また七日、輝元養子の秀元率いる毛利勢、長宗我部勢、長束正家勢が総勢三万の軍勢を率い、関ヶ原東南の南宮山と栗原山に布陣《ふじん》した。

これで西軍の陣容は整い、残るは福島らを関ヶ原に誘引《ゆういん》するだけとなった。

一日に江戸を出た家康は、東海道を駆け上り、八日には遠江の白須賀《しらすか》に達していた。

その日のことだった。小早川秀秋の使者が来たという知らせが入った。

――ようやく来たか。待たせおって。

「会おう」

家康が駕籠から下りると、秀秋の筆頭家老・平岡頼勝の弟の資重が地に這いつくばっていた。兄同様に痩《や》せぎすなので、蟷螂《とうろう》が踏ん張っているように見える。

資重は、すでに家康の許に人質として預けられており、小早川家から使者が来ると、共に拝謁するのが常だった。

小早川勢は伏見城攻めに加わった後、鈴鹿峠を越えて関地蔵《せきじぞう》に至り、伊勢方面の西軍に加わろうとしたが、そこで考えを改め、近江国に戻って高宮《たかみや》に滞陣していた。この動きだけ見ても、秀秋が迷っているのは明らかだ。

資重の横には、使者として派遣されてきた菅気清兵衛《かんけせいべえ》が平伏している。

「これは菅気殿。お久しぶりだな」

「はっ、申し訳ありません」

「謝らんでもいい。敵味方に分かれたのだ。久しぶりなのは当たり前ではないか」

家康が笑いながら周囲を見回したので、家臣たちも追従《ついしょう》笑いを漏らした。

「いや、われらは敵になったわけではありませぬ」

「何だ、そなたは敵ではないのか」

家康がわざと驚いて見せると、周囲がどっと沸く。

清兵衛の言葉を資重が引き取った。

「その誤解を解くべく、菅気がこちらに参りました」

「ほう。誤解とな」

ようやく家康が床几《しょうぎ》に腰を下ろした。

同時に小姓が取り付き、額や頬の汗を拭き、大団扇《おおうちわ》で風を起こす。

九月に入り、秋の風が吹き始めたとはいえ、東海道には南から海風が吹き付け、いまだに暑い。しかもここ数日は雨が続いたので、大気は湿気を含んでいる。

「わが兄は、一度たりとも徳川内府に歯向かおうなどと思ったことはありません。ただご公儀の命に応じて大坂まで出てみると、治部少をはじめとした奉行どもが『秀頼様の御為』と称し、わが主の金吾中納言を無理やり西軍に引き入れたのです。何のことか分からずにいると、内府様を討つなどという話になり、驚いた兄は菅気を差し遣わした次第」

「ははあ、そういうことでしたか」

小姓の差し出す冷水を飲み干した家康は、人のよさそうな笑みを浮かべた。

資重の面に安堵《あんど》の色が広がる。

「しかし、ちとおかしな話を聞きましたぞ」

「えっ、おかしな話――」

「うむ。聞いたところによると、伏見城攻めでは、金吾殿に随分なお働きがあったとか」

「あっ、いや、お待ちを」

資重の顔が青ざめる。

「率先して城に攻め入り、鳥居彦右衛門の首を獲ったのも小早川家の家臣とか」

「いや、それは――」

「近頃、とんと耳が悪くなりましてな。それがしの聞き違いならよいのですが、もしそうだとしたら、どこぞで堂々と、お手合わせいただかねばなりませぬな」

「いや、お待ち下さい。それには理由《わけ》があります」

今度は、清兵衛が必死の形相《ぎょうそう》で陳弁する。

清兵衛によると、参陣当初から表裏を疑われていた秀秋は、毛利や宇喜多らに迫い立てられるようにして伏見城に至った。しかも三成から「本心をご披瀝《ひれき》いただきたい」と言われ、致し方なく城攻めの陣頭に立ったという。

――治部少め、金吾の戦意が低いと見誤ったな。

三成としては、戦意の低い小早川勢を先頭に押し立てれば、なんのかのと言い募り、城攻めを遅らせると読んだのだ。そうこうしているうちに和談をまとめ、城を開かせてしまえばよいと思ったに違いない。

――しかし、かような臆病者に、そのような腹芸は通じない。

「追い詰められたわれらは、それでも伏見城を攻めるのは心苦しく、主の実父の木《き》下家定《のしたいえさだ》殿を遣わして入城を申し出ましたが、それを鳥居殿は峻拒《しゅんきょ》なされ――」

清兵衛は涙声になっていた。

思い余った秀秋と幕僚が、陣中にいた木下家定を使者に送ったのは事実だ。小早川勢は先手だったので、この時点で元忠が小早川勢を城に入れようとすれば、無理な話ではなかった。しかし元忠が島津に対してと同様、秀秋の真意を疑うのは当然でもある。

「あの場で城を攻めぬなどと申せば、われらは西軍に取り囲まれ、城を落とす前に主の首が落とされていたはず」

その様を想像し、家康は失笑を漏らした。

――此奴らは脅しに弱いのだ。尻をつつかれれば常の者なら反発する。しかし性根《しようね》が据わっていない者どもは、脅されれば震え上がって言う通りにする。

「いずれにせよ――」

家康の声音《こわね》が厳《きび》しさを帯びる。

「小早川勢が、わが股肱の臣や兵を殺したのは、紛れもない事実。もしも金吾殿がわが傘下に入りたいなら、それがしの言う通りにしてもらわねばなりませぬ」

その言葉に光明《こうみよう》を見出した資重が、すがり付くように言った。

「何なりとお申し付け下さい」

「まずは――」

家康が、その巨眼で資重をにらみ付ける。

「西軍から離反せず、そのまま行を共にしていただきたい」

「はっ、はい」

「ゆめゆめ、全軍でこちらの陣に駆け込んでくるようなことは、いたさぬように」

「仰せの通りにいたします。で、その後、われらは、どのようにすればよろしいでしょう」

——そこよ。

小早川勢という手札をいかに有効に使うかが、この勝負の鍵となる。

「それは、これから考える」

「えっ、これからと仰せか」

「うむ。いずれにせよ、われらの命じるままに動いていただく」

「ははっ」

家康が、三河の野良人《のらびと》丸出しのどすの利いた声で言った。

「ここからは、しっかりと小僧を抑えてもらわねばなりませぬぞ」

「小僧と——」

二人が顔を見合わせる。

「金吾のことでござるよ」

家康が苛立つように言うと、資重がすぐに応じた。

「小早川勢はわが兄と稲葉殿が取り仕切っており、小僧、いや金吾中納言のご意向は一切、通りませせぬ」

「それで結構」

家康が立ち上がったので、小休止が終わったと察した周囲の者たちが一斉に動き出した。

再び駕籠に乗ろうとした家康は、その動きを止めると資重に言った。

「軍配は、そなたの兄が執るように」

平岡頼勝の相役《あいやく》である稲葉正成も親徳川派だが、頼勝よりも十一も若いため、頼勝が軍配を執ることに異存はないはずだ。

「承知しました」

資重が再び蟷螂のように這いつくばった。

駕籠に乗った家康は、しばらく行くと左右の者に「江雪《こうせつ》を呼ぶように」と伝えた。

かつて、小田原北条氏《おだわらほうじょう》の諜報戦《ちょうほう》を一手に引き受けていた板部岡《いたべおか》江雪斎は、北条氏滅亡後、秀吉の御伽衆《おとぎしゅう》の一人となった。しかし家康とは良好な関係を築き、秀吉没後は徳川家に仕官していた。

「江雪、まかり越しました」

江雪は、あらかじめ家康に呼ばれるのが分かっていたかのように、すぐに現れた。

「金吾を頼む」

「御意のままに」

話は、それで十分だった。

江雪は馬を飛ばして小早川陣に入り、秀秋の目付役となる。

これにより家康は、いざという場合の布石《ふせき》を打った。

しかし秀秋という石を、どこに打つかまでは考えていない。

家康は九月九日に岡崎《おかざき》、十日に熱田《あつた》、十一日に清須に着いて二泊すると、十三日には岐阜に向かった。

五

この日の夜、家康は岐阜城の一室に本多忠勝と井伊直政を呼び出した。

「それは真で――」

四十歳になる直政が絶句すると、五十三歳になる忠勝が、苦虫を嚙み潰したような顔をした。

「殿、芸達者でない者が細かい芸をしようとすると、墓穴を掘りますぞ」

「そなたも、小平次《こへいじ》（酒井忠次《さかいただつぐ》）や作左《さくざ》（本多重次《しげつぐ》）に似てきたな」

家康に遠慮なく物を言ってきた二人は、すでに鬼籍《きせき》に入っている。

直政が深刻そうな顔で問う。

「つまり殿は、狼《おおかみ》どもを罠に追い込み、猟犬《りょうけん》どもと戦わせ、高みの見物をするわけですな」

「ああ、そのつもりだ」

忠勝が皮肉交じりに言う。

「戦が思惑通りに行かぬことはご存じの通り。実は狼と猟犬は通じており、そろって反転し、狸を襲うことも考えられます」

「それはありえん」

「いや、そうとも限りませぬぞ。大坂から秀頼を引っ張り出されれば、それは現実となります」

「輝元が出ずして、秀頼は出ぬ」

「それでは、そちらの方の手は打ったのですな」

「増田に申し付けた」

そうは言ったものの、家康も不安になってきた。

「秀頼は女どもが出しますまい」

直政が首を左右に振る。

「ただ、増田の策が不調に終われば、安芸中納言は出てくるかもしれません」

忠勝が力説する。

「安芸中納言が出馬し、本気で福島らを倒し、その勢いで向かってくれば、殿は三方ヶ原《みかたがはら》同様、糞《くそ》を垂れ流しながら逃げることになりますぞ」

「もう、それを言うな」

忠勝は、家康が最も思い出したくないことを平気で言う。

「安芸中納言が最前線まで出張ってくれば、敵の戦意は上がり、戦況は西軍優位となりましょう。さすれば、春の草木のように、表裏者がむくむくと頭をもたげてきます」

「誰が危うい」

「福島、黒田、藤堂、池田は心配ないでしょう。しかし――」

一つ咳払いしてから直政が続ける。

「浅野や山内は勝ち馬に乗りたがります。細川や加藤（嘉明）とて、いざとなれば分かりません」

毛利勢が徳川勢を押しまくることにでもなれば、諸将がどう転ぶかは分からない。それが戦国の常であることを、家康ほどよく知る者はいない。

「ここまで佐渡とだけ語らい、われらに相談せなんだこと。それが、まず大きな間違いです」

「では今更、どうせいと申すのだ！」

元来が短気な家康だ。自分より若い連中に批判され続け、さすがに切れかかった。

「もう後には引けません。ここで戦わずに引けば、わが方は瓦解《がかい》し、殿は江戸に逃げ帰ることになります」

忠勝が他人事《ひとごと》のように言う。

「ときに殿」

直政が眉間《みけん》に皺《しわ》を寄せる。

「南宮山の毛利は、間違いなく、われらに向かってこないのですな」

その件については、吉川広家との間で密約ができている。

「吉川と話はついておる。島津もだ」

「治部少は彼奴らが裏切らぬよう、何らかの手を打っておるのではありませんか」

「彼奴らは、表向きは治部めの味方だ。彼奴は己の算術を疑わぬ。今から手を打つことはない」

「つまり検算はせぬと」

直政が口端に笑みを浮かべた。

三成は己の算術に誤りがないと信じている。いったん出した答えが、知らぬ間に変わっているとは思わないのだ。

――白い碁石が、いつの間にか黒くなっておるのが戦国の常だ。治部よ、人の心は算盤《そろばん》では弾《はじ》けぬのだぞ。

「分かりました」

直政が忠勝と顔を見交わすと言った。

「どうやら、殿と佐渡の書いた謡本通りに事を進めねばなりませぬな」

「ああ、事ここに至れば、そうするしかない」

家康は半ば捨て鉢になっていた。

「危険な博打《ばくち》になりそうですな」

「そうならぬよう、そなたらとここで談合しておる」

冷静に考えれば、確かに危険な博打以外の何物でもない。

「殿は常々、『博打は、負けぬようにしておいてから打つべし』と仰せでしたな」

忠勝が挑むように問うた。

「ああ、そうだ。わしは、勝ち負けの分からぬ博打など打ちたくはない」

「では、勝ちが分かるようにするには、どうすればよいとお思いか」

「治部の喉元に白刃《はくじん》を突き付けておかねばなるまい」

直政が腕組みすると言った。

「われらの手持ちの駒は金吾だけ、でしたな」

「ああ、真に危うい駒だがな」

「金吾という駒をどこに指すか」

忠勝も考え込んでいる。

「そうだ」

家康が膝を叩いた。

「よい手がある」

「それは――」

二人が膝をにじり、額を寄せてきた。

翌九月十四日、まだ日の上がらぬうちに岐阜城を後にした家康は、長良川《ながらがわ》を渡り、大垣城の一里ほど北西にある赤坂《あかさか》の岡山《おかやま》に入った。

大垣城と赤坂の間には杭瀬川《くいせがわ》が流れており、そこを間に挟んで両軍は対峙する。戦機は熟した。

それを証明するかのように、この日の午後、島左近率いる石田勢が、五百の兵を率いて杭瀬川の対岸まで渡り、苅《か》り働きをした。苅り働きとは農作物を奪うことだ。それにつられた中村一栄《かずひで》・有馬豊氏《ありまとようじ》両勢が、島勢を追って杭瀬川を渡った。

島勢は一目散に逃げていくが、追ってきた中村・有馬両勢を待ち受けていたのは、明石全登《あかしてるずみ》率いる八百の鉄砲隊だ。明石勢の猛射を浴びた中村・有馬両勢は、ほうほうの体《てい》で逃げ帰ってきた。

この戦いは小競り合いの域を出なかったが、関ヶ原に移動したい三成にとって、「大垣城に籠城しよう」という一部の意見を封じ込めるには絶好の勝利となった。

一方の家康は、大垣城にいる西軍三万余が動き出すのをひたすら待っていた。

その知らせが届いたのは、夜になってからだった。予定通り、三成は牧田路《まきだじ》を通って北西の関ヶ原に向かった。それとほぼ同時に、近江国の高宮にとどまっていた小早川秀秋が、松尾山に登ったという一報も届いた。

──金吾が遂に登ったか。

三成の喉元に白刃を突き付けておくには、毛利輝元の陣に予定されていた松尾山に小早川秀秋を登らせるしかない。

松尾山は眼下に関ヶ原を望む絶妙の地にある。三成らが福島らを押しまくった際、福島らの加勢として小早川勢を山から下ろせば、戦況を逆転させることも可能になる。

その策を思いついた家康は、小早川勢に帯同している板部岡江雪斎に使者を飛ばし、小早川勢を松尾山に登らせるよう指示しておいたのだ。

当然、三成もそれに気づいており、そこに毛利輝元率いる毛利勢主力を登らせておけば、万が一にも負けるわけがないと思っていたに違いない。

──金吾、よう登った。

家康は、手を叩いて喜びたい心境だった。

しかも家康の言に従い、秀秋が松尾山に登ったということは、これからも指示に従うことの証左にほかならない。

──いずれにせよ、かような小僧を頼りにせねばならぬとはな。何とも情けないことよ。

家康は自嘲《じちょう》したが、これで戦線の主導権を握ったも同然である。

十四日の夜、岡山陣に集まった諸将の前に、家康が姿を現した。

盾机の上に置かれた絵図面を前にして侃々諤々《かんかんがくがく》の議論をしていた諸将が、一斉に立ち上がる。

「よい、よい」と言いながら諸将を座らせた家康が最上座に着くと、早速、尾張弁《おわりべん》丸出しの胴間声《どうまごえ》が轟《とどろ》いた。

「内府、治部少を攻める時は、この市松をば先手として下せえ」

福島正則である。

それを無視した家康が声を荒らげる。

「皆の衆、此度《こたび》は豊臣家のためにお集まりいただき恐悦《きょうえつ》至極。これから逆賊を討つ正義の戦いを行う！」

その言葉に呼応し、「応《おう》」という声を上げつつ諸将が立ち上がった。

「どうやら敵は、大垣城を出て琵琶湖方面に向かう模様。石田治部少輔《しょう》は大坂城に逃げ込む魂胆《こんたん》に違いない」

家康は言葉を切ると、諸将を見回した。

「この場は、すぐに追撃に移るべきと思うが、いかが思われる」

「追撃すべし！」

競うように諸将が声を上げる。

「よし、それでは敵を追うことにする」

「異存なし！」

「福島殿」

「応！」

「先手を担っていただけるか」

「もとより！」

その時、雨が降り出した。

――雨か。

家康が天を見上げると、諸将もそれに倣った。

――晴れないと厄介なことになるな。

家康としては、共倒れが最もありがたい結末だ。そのためにも鉄砲隊に十分な働きをしてもらわねばならない。

「それでは、これから軍目付《いくさめつけ》の本多平八郎が申し上げる陣立てに従い、行軍していただきたい」

そう言うや家康は軍議の場を後にした。

——これでよい。狼の群れは自ら死地に飛び込み、猟犬と咬み合って共に斃《たお》れるのだ。

どうやら家康の思惑通りに、事は運びそうだった。

六

小雨の中、両軍の移動が始まった。大垣城から関ヶ原までは約四里の距離だ。行軍の最中に日は変わり、十五日となった。

卯《う》の上刻《じょうこく》（午前五時頃）、逸《はや》る福島隊の先手が、敵の最後尾を担う宇喜多隊の小《こ》荷駄《にだ》隊と接触し、小競り合いに及んだが、たいしたことにはならず、卯の下刻《げこく》（午前六時頃）、福島らは関ヶ原に達した。

一方、最後尾を進む家康は、三万二千の兵を率いて桃配山《ももくばりやま》に着陣した。桃配山は南宮山の尾根続きにあり、毛利勢のことを思えば至って危険な場所だが、家康は「毛利は裏切らない」と踏んでいた。

毛利勢の先手は吉川広家で、先手を担う吉川勢が動かない限り、山頂にいる秀元が動かない限り、南宮山の背後の栗原山に陣を布く長宗我部・安国寺・長束勢も様子見ということになる。

それでも何があるか分からないので、家康は池田輝政、浅野幸長、山内一豊の二万の兵を、万が一の備えとして配置した。

桃配山に着くや、家康は井伊直政と本多忠勝の部隊を最前線に出した。そうしないと、いかにも家康が福島らを追い立て、豊臣家中を戦わせているように見えるからだ。

むろん二人には、最初から戦わぬよう指示しておいたが、福島らが戦端を切らない場合、開戦のきっかけを作るようにも命じていた。

——どうやら、秀頼も輝元も来てはおらぬようだな。治部少めはさぞ口惜《くや》しかろうに。

これにより、小早川勢という切り札を持つ家康が、俄然《がぜん》有利になった。

実は、毛利輝元が大坂城を出陣しようとする寸前、増田長盛により、「輝元が城を出れば、不届き者が秀頼様を害し奉《たてまつ》る」という偽情報が城内に流布《るふ》された。これにより輝元は、出陣を取りやめたのだ。

雨はやんできたが、辰《たつ》の上刻（午前七時頃）になっても霧は晴れない。

そこに、前線にいる直政から使者が入った。

先手を担う正則が、敵陣の堅固な様子を見て、仕掛けようとしないというのだ。

福島勢の正面に陣を布く宇喜多勢は、福島勢を天満山の麓《ふもと》に引き寄せ、包み込むように叩こうとしているのが明らかだからだ。

先手が動かないと戦線は膠着《こうちゃく》する。東軍の中には、都合のよさそうな微高地を探し、陣場《じんば》の普請《ふしん》を始める者が出るかもしれない。皆がそれを始めれば、決戦の気運は雲散霧消し、陣城《じんじろ》戦に移行した末、双方共に兵を引くことにもなりかねない。

――その間に秀頼や輝元が来れば、厄介なことになる。

三成は必死になって二人に出馬を促しているに違いない。

――つまり時は、わしの味方ではないのだ。

「万千代《まんちよ》（井伊直政）に伝えよ。『抜け駆けして市松を怒らせ、決戦に及べ』とな」

使者は、馬に飛び乗ると最前線に戻っていった。

――これで後には引けぬぞ。

辰の下刻（午前八時頃）、まだ霧は晴れきっていないが、そのわずかな隙間を通して、敵陣の様子が明らかになってきた。

松尾山北麓《ほくろく》の藤下村《とうげむら》に石田勢六千六百、小西勢六千、宇喜多勢一万七千。その背後の山中村に島津勢千五百。この集団から少し離れた東方の不破《ふわ》の関辺りに大谷勢千五百。さらに大谷勢の周囲に戸田重政《とだしげまさ》・木下頼継《よりつぐ》・平塚為広《ためひろ》ら千四百、さらに松尾山の北東麓に赤座直保《あかざなおやす》・小川祐忠《おがわすけただ》・朽木元綱《くつきもとつな》・脇坂安治《やすはる》ら千二百が布陣していた。

これらの部隊に、小早川勢、毛利勢、長束勢などを加えると、西軍は七万八千になる。

これに対して東軍は、福島勢六千を筆頭に、黒田勢五千四百、細川勢五千、徳川勢三万など、合計七万五千になる。

――そうか。治部少は松尾山が気になるのだな。

明らかに松尾山を威嚇《いかく》し、味方に付けておきたいという陣形だ。そのまま事態を硬直させ、輝元に担がれた秀頼の来着を待つつもりでいるのかもしれない。

――その前に決着をつけねばならぬな。

家康は知らぬ間に爪を嚙んでいた。

この頃、井伊直政は家康四男の松平忠吉《ただよし》を伴い、抜け駆けを図ろうとしていた。忠吉は武蔵《むさし》国忍《おし》で十万石を領しており、三千の兵を率いてきている。

忠吉を奉じた直政は、精鋭三百だけで、福島勢の目を盗んで前に出ようとした。

この時、福島家中の可児才蔵《かにさいぞう》に見とがめられ、「本日、先手を仕るのは、わが主《あるじ》の福島左衛門大夫《さえもんのたいふ》なり。何人《なんびと》なりとも、ここを通すわけにはまいらぬ」と言われ、行く手を塞《ふさ》がれたが、直政は、「本日は松平下野守様の初陣《ういじん》であり、戦が始まる前に敵陣を見せておきたいのだ」と返した。

しかし歴戦の才蔵もさるもので、「それなら警固の兵だけで十分」と言い、直政に兵を置いていかせたため、直政と忠吉は五十ばかりの兵を引き連れ、最前線まで行かざるを得なくなった。

それでも直政は仕掛けるつもりでいた。

「放て！」

最前線に出た直政は、宇喜多陣に向けて鉄砲を撃たせた。

これにより、関ヶ原合戦の火蓋《ひぶた》が切られる。

この筒音を聞いて激怒した正則は、全軍に前進を下命《かめい》、これを受けて立った宇喜多勢との間で、激しい筒合《つつあ》わせが始まった。

福島勢だけで鉄砲は八百ほどあり、宇喜多勢も応戦しているはずなので、双方の筒音に関ヶ原一帯は包まれた。だが霧は依然として晴れておらず、周囲からは霧の中で激しい撃ち合いが行われていることしか分からない。

後方にいる家康の耳にも、この筒音が聞こえてきた。

──やっと始まったか。

家康は平然としていたが、陣内は色めき立っている。

──もっとやれ。

双方が傷つくのは大歓迎だ。

しかし福島らが崩れ立ち、徳川勢まで影響を受けるのだけは避けねばならない。

──福島らが宇喜多勢を押しまくれば、それはそれでよし。しかし治部少らも必死だ。容易にはやられまい。逆に治部少らが福島らを押しまくることも考えられる。その時に利いてくるのがあの手札だ。

だが戦は思うように運ばないのが常だ。不測の事態は想定しておかねばならない。

巳《み》の上刻（午前九時頃）、戦線は関ヶ原全域に拡大していた。

福島勢が宇喜多勢に打ち掛かったのを端緒《たんちょ》として、藤堂高虎・京極高知《たかとも》の両勢は大谷勢に、織田有楽斎《うらくさい》や古田織部《ふるたおりべ》ら寄合《よりあい》勢は小西勢に、細川忠興、黒田長政、加藤嘉明、田中吉政らは石田勢に襲い掛かった。筒合わせが終わると、双方は槍襖を作って突入し、一進一退を繰り返した。関ヶ原一帯は凄まじい筒音に覆《おお》われ、会話もままならない。

ようやく霧は晴れてきていたが、いまだ低く垂れこめている場所もあり、桃配山からは戦線の全容が摑めない。

家康の陣には、ひっきりなしに使者がやってきて戦況を報告する。巳の下刻（午前十時頃）になると、後詰を要請する使者が相次いだ。

――押されておるのか。

そこに本多忠勝が戻ってきた。

忠勝は戦闘には加わらず、前戦で軍目付の役割を果たしていた。

「殿、これはいけませんな」

「いけませんとは、どういうことだ」

「石田や宇喜多が思いのほか手強《てごわ》いのです」

「何だと」

家康は天を仰いだ。

「平八、このままだとどうなる」

「まあ、市松らが押し切られることも考えられます」

忠勝は他人事のように言う。

「市松が宇喜多の小倅《こせがれ》ごときに負けるのか。常は大口を叩きおって、あの役立たずが！」

家康が癇癪《かんしゃく》を起こした。

「殿、今更それを言っても始まりません。われらの取るべき道は二つ。ここで福島らを見捨てて兵を引くか。後陣の衆を後詰に投入するか」

「ここで引いたらどうなる」

「福島らは潰《つい》え、豊臣家は随分と弱まりましょう。しかし毛利が本気で天下取りに乗り出し、それに西の大名衆が追随《ついずい》すれば、厄介なことになります」

「やはりそうなるだろうな」

家康の脳裏には、いったん撤退して秀忠勢と合流し、長期戦に臨むという案もかすめたが、それでは敵に勢いを与えてしまう。

「まずは、戦線を維持《いじ》することが肝要かと」

「そうだな」

家康が断を下した。

「南宮山の備えに割《さ》いていた池田・浅野・山内らを前線に向かわせろ」

婿の池田輝政を除けば、浅野・山内両勢には痛手を負わせても構わない。

「殿、南宮山の吉川殿は大丈夫ですな」

忠勝が心配げな顔をした。

「大丈夫も何も、どこかで博打を打たねばこの勝負は勝てぬ」

「分かりました」

忠勝は使番《つかいばん》を集めると、池田輝政らの陣に送った。

これにより家康の背後は丸裸となる。

――果たして、これでよいのか。

今この時、南宮山の毛利勢が打ち掛かってくれば、徳川勢は潰え、家康も首となる。

家康は暗く大きな穴に、まっさかさまに落ちていくのではないかという不安を抱いた。

池田勢が徳川勢の横を駆け抜けていく。

やがて筒音が激しくなり、東軍が戦線を立て直しつつあるという報告も入ってきた。

池田ら二万の兵が前戦に投入されたことで、東軍は息を吹き返した。しかし西軍も粘っているのか、次第に戦況は膠着しつつあった。

——このまま行けば、押し切られるやもしれぬ。

この戦場で、家康ほど戦況から勝敗を見通せる者はいない。

午《うま》の上刻（午前十一時頃）、三成は狼煙《のろし》を上げ、松尾山の小早川勢と南宮山の毛利勢に攻撃を促した。

「敵が狼煙を上げています！」

物見が駆け込んできた。

「誰の陣から上がっておる」

「石田陣からでござる」

——やはり、そうだったか。

三成は小早川勢を使って関ヶ原の福島らを攻撃し、同時に、南宮山の毛利勢を使って家康を屠るつもりでいたのだ。

——それなら容赦《ようしゃ》はせぬぞ。

松尾山にも南宮山にも動きはない。

——治部め、さぞ慌てておるだろうに。

すべては、家康の思惑通りに進んでいた。

そこに馬を飛ばしてきたのが板部岡江雪斎だ。

「殿、松尾山からまかり越しました」

「おう、金吾はどうだ」

「それが大変なことになっております。西軍有利と知った金吾は、平岡や稲葉の言うことを聞かなくなり、東軍に打ち掛かると息巻いております」

「何だと」

——あの小僧め！

家康は天を仰いで嘆息した。

「もしも味方してほしいなら——」

「何だと。わしに条件を付けるのか！」

家康が怒気をあらわにする。

「金吾の言葉です」

「分かった。条件を申せ」

「西軍に打ち掛かってほしいなら、『内府の起請文《きしょうもん》をもらってこい』と申しております」

「起請文だと」

「西軍に打ち掛かれば、五十万石以上を下賜《かし》するという起請文です」

「五十万石だと。身のほど知らずめ。吹っかけおって」

この時の秀秋の所領は筑前《ちくぜん》名島《なじま》三十万石なので、五十万石を足すと八十万石の大身になる。

「それでは、四十万石ほどで手を打ちますか」

「いや、この際だ。五十万石くれてやると申せ」

そう言うと家康は熊野牛王紙《くまのごおうし》に、さらさらと誓詞を書き、印判《いんばん》を捺《お》した。

――小僧め、覚えておれ。

それを受け取った江雪が問うた。

「早速、松尾山に戻り、金吾を西軍に掛からせます」

「よし、頼んだぞ」

江雪が馬に乗って駆け去った。

じりじりしながら待っていると、松尾山に動きがあるという報告が入った。

「殿、小早川勢が山を下り、大谷勢に掛かりました」

「よし」

事情を知らない旗本たちは、使番の言葉に歓声を上げている。

――小僧め、慌てさせおって。

これにより、戦の潮目が変わった。

小早川勢に呼応して、脇坂・朽木・赤座・小川勢も、一斉に大谷勢に攻め掛かったとの一報が届いた。

押されていた藤堂・京極両勢も息を吹き返した。これにより敵を支えきれなくなった大谷勢は瓦解、吉継は戦場で腹を切ることになる。

突然、勝利が東軍に転がり込んできた。

未《ひつじ》の上刻（午後一時頃）には宇喜多勢も小西勢も崩壊し、戦っているのは石田勢だけとなった。

これまで戦闘に加わらず、戦況を見守っていた島津勢にも、勢いに乗った東軍が襲い掛かろうとしていた。

その時、島津勢は敵中突破を図ってきた。この状況下で、降伏することができないための苦肉の策だ。

　止めなかった。

　島津も二股を掛けていたのだ。それゆえ家康は、島津勢を追撃する味方をあえて止めなかった。


　──馬鹿め。


　戦が終わった。夕闇迫る戦場では、諸所《しょしょ》で勝鬨《かちどき》が上がっている。

　──とりあえず勝つには勝ったか。まあ、勝つに越したことはないが。

　仮に三成が勝ったとしても、家康が負けることにはならなかったはずだ。もしも結果が逆になった場合、福島らを屠った三成が、家康を追ってくることは、まず考えられない。なぜかと言えば、徳川勢三万が無傷で残っているからだ。

　唯一《ゆいいつ》の不安は、南宮山の毛利勢だけだが、吉川広家とは幾重にも約定《やくじょう》を取り交わしており、まずもって攻めてくるとは思えない。

　──三成にその気があれば、大垣辺りで、もう一戦となっておったやもしれぬ。

　しかしその時は、家康の手元には秀忠勢がいる。

　──となれば、容易に負けることはない。

　家康の脳裏に、「人を致して人に致されず」という孫子の教えが浮かんだ。

　これまでは、他人に致されてばかりの人生だったが、この勝利により、遂に家康は致す立場に回ったのだ。

――もう誰にも致されぬぞ。

三河の弱小国人の家に生まれ、常に頭上に漬物石を載せられてきた人生は、ようやく終わりを告げようとしていた。

――これからは、わしが漬物石となるのだ。

家康は、その生涯で初めて安堵の笑みを浮かべた。

さいごの一日

木下昌輝

チクタク、チクタク。

徳川家康《とくがわいえやす》の枕元で、南蛮《なんばん》時計の針が時を刻む。

今日は随分と気分がいい、と家康は思った。錦《にしき》布団の中で、肉が落ち皮膚がたるんだ腕を動かし胸にやる。胃のあたりには、硬いしこりがあった。微《かす》かだが、確実に昨日より大きくなっている。三月《みつき》前に鷹狩《たかが》りで倒れてから、家康の臓腑《ぞうふ》を食《は》むように大きくなり続けている。

病《やまい》などに負けてなるか、と歯を食いしばる。往時《おうじ》と違い欠けた歯が多くなったが、それでも顎《あご》の奥から闘志が湧き出てきた。

家康は密《ひそ》かに満足する。

うっすらと目を開けた。

先ほど、定刻の侍医の診察が終わったところだから、巳《み》の刻（午前十時頃）のはずだ。が、障子《しょうじ》の隙間《すきま》からは分厚い雲が見えて、陽光を遮《さえぎ》っている。おかげで、夜のように暗い。

燭台《しょくだい》に火を点《とも》しているのに、それでもまだ足りぬほどだ。

チクタク、チクタク。

目を動かすと、金色に輝く南蛮時計があった。四角い柱を位牌《いはい》ほどの高さに切断し、上にお椀を載せたような形をしている。中央の丸い文字盤がうっすらと見えた。『Ⅰ』や『Ⅱ』などの南蛮数字と長短ふたつの針があるはずだが、燭台の灯りだけでは読み取れない。

五年前の慶長《けいちょう》十六年（一六一一）、スペイン国王フェリペ三世から贈られたものだ。

慶長十四年、房総《ぼうそう》半島で座礁《ざしょう》したスペイン船を救助した際の御礼の宝物である。日の出を卯《う》の刻（午前六時頃）、日の入を酉《とり》の刻（午後六時頃）として、季節ごとに一刻《いっとき》（約二時間）の長さが違う日ノ本《ひのもと》とは違い、一日を二十四の時に等分に区切り、さらに時を六十で分かつ南蛮の正確無比な時計は、家康の性分《しょうぶん》にあっていた。常に自分の周囲に置くようにし、その習慣は病床の今も変わらない。

チクタッ…ク、チク……タッ……。

どうしたことだろうか。徐々に、南蛮時計の音が弱まりつつある。カラクリを巻いてやらねばならない。

「誰かある」

家康は声を出した。病床の身にも拘《かかわ》らず、思いの外《ほか》大きな声が出た。しかし、誰も反応しない。

妙だなと思った。

大樹とも称される日ノ本最高の武士が寝ているというのに、警護や世話で侍《はべ》る者がひとりもいないのだ。

「天下を統一した奢《おご》りだ。油断大敵もいいところよ」

家康は溜め息をついた。

昨年の大坂の役《えき》で、豊臣秀頼《とよとみひでより》とその母の淀殿《よどどの》を焼き殺した。徳川に歯向かう者がいなくなった心の弛《ゆる》みか。家康の旗本たる三河《みかわ》武士にあるまじきことだ。

「このような心構えでは、徳川の世も短命に終わる。叱りつけてやらねば」

口にしつつ、ゆっくりと上体を起こした。

他人の手を借りずに身を起こすのは幾日ぶりだろうかと、今日の体調に驚いた。

動きを止めた南蛮時計を手に取る。長短ふたつの針は、ちょうど『Ⅻ』という数を差し、止まっていた。今は巳の刻なので、本来なら短い針が『X』を差しているはずである。

「時が違う。これも油断なり」

もし、儂《わし》があの織田信長《おだのぶなが》だったならば、小姓《こしょう》と侍女の首は飛んでいたはずだ。

そんな皮肉を考えつつ、カラクリの小さな把《と》っ手《て》をつまみ、捻《ひね》る。

キリキリと音を立てて、回す。針を直そうと思ったが、正確な時は太陽が中天《ちゅうてん》にくる正午にならないとわからない。

家臣共が気づくのにどのくらいの時がかかるかを、この南蛮時計で測ってやろう。家康は、意地の悪いことを思いついた。

針を『XII』に合わせたままにする。南蛮時計が息を吹き返した。

チクタクと、心地よい音で時を刻み始める。

家康は首を後ろに捻った。何かの音がする。いや声だろうか。

チクタク、チクタク……おぎゃあ。

チクタク……おぎゃあ……チクタク。

カラクリの音の隙間から、赤子の声が聞こえてくるではないか。

家康は舌打ちをする。珍しく気分がよいというのに、興ざめだ。

家康のいる駿府《すんぷ》城に泣いた赤子を連れてくるなど、無礼も甚《はなは》だしい。怠慢の極みと言えるだろう。

家康が生まれた頃の三河の武士たちは、常在戦場の心構えを崩すことがなかった。だが、それも過去の話か。

「これ、赤子が耳障《ざわ》りだ。誰かあやしてまいれ」

家康の声が聞こえたわけではないだろうが、遠ざかるように泣き声が小さくなる。だが完全には消えない。

「ふん、太平《たいへい》も考えものだ」

もし己《おのれ》が豊臣秀吉《ひでよし》なら、それを嘆き、また朝鮮半島へ征明《せいみん》の軍を送るかもしれない。

赤子の声を無視して、錦布団の中へと老体を潜《もぐ》り込ませた。

「病に負けておる場合ではないわ。家中《かちゅう》がこの様《ざま》では、まだまだ儂が気張らねば」

溜め息と欠伸《あくび》を一緒に吐き出して、家康は瞼《まぶた》を閉じる。

南蛮時計、0時58分を刻む。

雨垂れのような泣き声が、家康の耳孔《じこう》に注ぎ込まれている。先程までの赤子の泣き声と、音が違うことに気づいた。シクシクと、家康の体を濡らすかのようだ。

首を持ち上げて、目を動かした。

目の前にある小さな黒い影は、最初は地蔵かと思った。無論、駿府城の家康の寝室に、そんなものがあるはずがない。

何より異様なのは、その影が泣いていることだ。

「ははぁうええ、ははうぅえぇ」

哀しげな声を絞り出している。

南蛮時計を手で引き寄せる。短い針は『I』を差さんとしていた。あれから半刻（約一時間）ほどの時がたっている。

「いやだぁ……。ははうぅえぇぇ、いかないで。もどってきて」

家康は両手を使って、布団から這《は》い出る。目を細めて、影を凝視《ぎょうし》した。そこにいたのは、三歳ほどの男の子だ。

はて誰であろうか、と首を捻る。

小さな掌《てのひら》の隙間から見える目鼻に、思い当たる節《ふし》がある。どこかで、見たことがある男の子だ。だが、記憶の底からは名前が出てこない。

確かなのは、この童《わらべ》が家康の血を引いているということだ。数多《あまた》いる家康の孫の内のひとりだろうと、見当をつけた。なぜなら、丸い顔と垂れた耳たぶの輪郭が、鏡で見る己の顔と似ているからだ。

「誰かある」

家康が叫ぶと、男の子は細い両肩をびくつかせた。瞼の隙間の瞳は、涙で溶けそうになっている。

「誰か、この子を連れていけ。病に障る」

家康の声は、無人の館《やかた》に吸い込まれた。

仕方なく男児へと向き直る。

「いつまで泣いておる。お主も三河武士の子であろう。我が血を引いておるのだろう。泣く暇があれば、鍛錬せい」

従順にも、男の子は母を呼ぶことを止《や》めた。

かわりに、ヒックヒックとしゃくり始める。頬《ほお》は失禁したかのように濡れ、溢《あふ》れた涙が顎から二滴三滴と床に落ち始めた。

家康は背中を向けて、枕に頭の重みを預けた。

南蛮時計、1時55分を刻む。


まだ人の気配が去らない。

瞼を上げた。南蛮時計に首を伸ばすと、短い針は『Ⅱ』の辺りを差している。

思わず家康の上半身が跳《は》ね上がった。

体が戦慄《わなな》き出す。

そこにいた三歳ほどの男の子がいない。かわりに六歳ほどの童が、両膝《りょうひざ》を抱えるようにして座っているではないか。

唇を嚙《か》み、血走った目を家康へと向けてくる。垂れた耳たぶが、不穏に揺れていた。丸い輪郭の頰はこけて、抉《えぐ》れたかのようだ。

あわてて手を背後にやり、刀架《とうか》に架けていた脇差《わきざし》を握った。

「貴様、何者だ。物《もの》の怪《け》かっ。それとも悪霊か」

勢いよく刀を抜き放つ。

ここにきて、家康は目の前の童が尋常の人ではないと悟った。三歳の男の子が、いつのまにか六歳の童に成長してしまっている。

嚙んでいる唇を放し、童は口を開いた。

「わ、わたくしは……、あくりょうでは、ございませぬ」

恐ろしく暗い声だった。家康の背骨が氷に変じたかと錯覚するほどである。

影が動くように、童は静かに立ち上がった。生気の抜けた瞳で、家康を見下ろす。

「わ、わたくしは……、ひとじちです」

向けていた家康の刀の切っ先が大きく揺れる。いや、家康自身の体が激しく戦慄いていた。

童を見る家康の目が徐々に上を向く。童の背丈が、大きくなっていく。

植物の蔓《つる》が長くなるように、手足や胴体が伸びて肉がついていく。時がひしゃげ潰《つぶ》されて、瀑布《ばくふ》のように押し流されたかのようだ。ひとつ瞬《まばた》きするたびに一年が経過するかのように、童は少年へと成長していく。

十代の半ばほどになった。弱々しかった四肢には肉がつき、初陣《ういじん》も可能だろうと思われる。だが、逞《たくま》しい体とは対照的に、丸い顔の中の目尻は下がり、眼球は充血したままだ。戦場に放り込まれた兎《うさぎ》のように、卑屈な視線を家康に向けてくる。

錦布団のように分厚い怖気《おじけ》に、家康は包み込まれた。過去に感じたどの恐怖よりも、優しく執拗に老体を縛《いまし》める。

「だ、誰かおるか」

女人《にょにん》のような金切り声しか発せられない。構わずに家康は言葉を継いだ。

「は、はよう参ぜよ。また、妖《あやか》しが出たぞ。儂を助けにこい」

だが、誰も応ずるものはいない。

怪異はその様子を一瞥《いちべつ》して、ゆっくりと背を向ける。

少年の背は、闇の中に溶けるように消えていく。

南蛮時計、6時05分を刻む。

家康は震えながら、ずっと刀を抱いていた。揺れる奥歯を強く噛み、震える顎を懸命に固めようとする。

ミシリ、ミシリと床を踏む音がした。

心の臓が、見えぬ手で握られたかのように苦しい。家康は、脇差をきつく抱きしめた。

床の軋《きし》みは、徐々に家康へと近づいてくる。赤い影が見えた。鍔《つば》をまさぐり、家康は慌《あわ》てて鯉口《こいぐち》を切る。

闇の中から現れたのは、鎧《よろい》を着込んだ武者《むしゃ》だった。血のように赤い甲冑《かっちゅう》が、燭台の火を鈍《にぶ》く反射している。

鎧が身の内を蝕《むしば》んだかのように、若武者の目は充血していた。重たげな耳たぶと丸い顔の輪郭から、先程の妖しの童が成長したのだと悟る。今や十代後半のたくましい体で、脇差を抱く家康を見下ろす。

唇の片端が跳ね上がり、若武者の半面が醜く歪《ゆが》んだ。

「何が東海一の弓取りだ。尾張《おわり》のうつけ風情《ふぜい》に、首をとられおって。無様《ぶざま》もいいところだ」

家康の目の中を覗《のぞ》きこむように、顔を近づける。

「のう、貴様もそう思うだろう。儂や三河武士を、走狗《そうく》のようにこき使った報いだ。因果応報とはこのことよ」

「ま、まさか、お主は」

家康は、震える指を武者に突きつけた。

「そうだ。やっと悟ったか」

嘲《あざけ》りの気をたっぷりと含んだ声だった。

同時に、怯《おび》えていた家康の心身が徐々に平静を取り戻す。

家康は、目の前にいる怪異の正体を悟った。

眼前の赤武者は、若き頃の己だ。

今から五十六年前、数えで十九歳の頃、桶狭間《おけはざま》の合戦の時の徳川家康だ。いや、より正確には、〝松平元康《まつだいらもとやす》〟と古い姓と諱《いみな》（本名）で呼ぶべきだろうか。

義元《よしもと》から贈られた赤い甲冑に身を包んでいるのが、その証左である。


南蛮時計、6時10分を刻む。


松平元康は、家康を見下ろす。眼球の赤い亀裂が徐々に短くなり、目は白さを取り戻し始める。逆に、下がり気味だった眦《まなじり》は極限まで吊り上がる。仁王《におう》のような、峻厳《しゅんげん》な面構《つらがま》えに変わった。

四半刻《しはんとき》（約三十分）もたっていないのに、明らかにそれ以上の時が松平元康の身に降り注いでいる。

先程までに現れた幻や怪異の数々を、家康は反芻《はんすう》する。

最初の赤子の声は、生まれたばかりの家康のものに違いない。

次に現れた三歳の男児も、そうだ。竹千代《たけちよ》と呼ばれた三歳の頃の家康の分身である。竹千代と名付けられた家康だったが、母との暮らしは短かった。父が今川《いまがわ》家と同盟を結ぶために、母を離縁したからだ。母は織田家と同盟する水野《みずの》家の娘だったのだ。この頃の思い出といえば、いなくなった母を求めて泣いていたことしかない。

次に現れた童は、父親のもとからも引き剝《は》がされた六歳の頃の家康である。今川家に人質として送られることになったのだ。故郷を離れた六歳の竹千代に、信じられない事件が降りかかる。今川家の本拠地・駿府へと赴《おもむ》く途中に、あろうことか織田家に誘拐されたのだ。敵地での数年の人質生活は死と隣合わせで、恐怖を朋輩《ほうばい》としなければいけなかった。

紆余《うよ》曲折《きょくせつ》を経て、本来の今川家の人質になった時には、父は死んでしまっていた。

そして目の前にいるのは、十九歳の頃の己だ。いや、それは先程のことだ。もう、違う頃の自分になっている。

「儂は今川と手を切る」

若き己は、義元からもらった赤鎧を脱ぎ始めた。乱雑に床に投げ捨てていく。

「清洲《きよす》の織田上総介《かずさのすけ》殿と手を組む」

胴だけでなく、草摺《くさずり》や籠手《こて》も落とす。

「まず手始めに、今川の牛久保《うしくぼ》城を攻める。それを手土産《てみやげ》にして、織田に帰参する」

眉間《みけん》にも深い皺《しわ》が刻まれた。

目の前にいるのは、今川家から独立した頃の二十歳の己だ。

完全に赤鎧を脱ぎ去り、右足で蹴《け》り飛ばす。

が、家康は気づいていた。満ちる気迫とは対照的に、握る拳《こぶし》は震えていることに。

数十年前の過去を思い出しつつ、若き己に語りかける。

「よいのか。今川には、妻と子が質《しち》にとられているのだぞ」

家康の言葉に、拳の震えが増した。

この頃、妻と三歳の嫡男《ちゃくなん》は、家康の元から離れて駿河《するが》にいる。今川家の人質としてである。家康が今川家の城を攻めれば、妻と子はただではすまない。裏切りには、死をもって報いるのが戦国の定法《じょうほう》だ。

「仕方あるまい」

若き己は言葉を零《こぼ》す。

「儂は一個の男として、名を轟《とどろ》かせるつもりだ。そのためには、一刻も早く今川と手を切らねばならんのだ」

家康は腰を浮かし、二十歳の若造を睨《にら》みつける。

「正気か。そのためには妻子を……」

「そうだっ」

怒鳴り声が、家康の言葉を遮った。

「妻子を捨てたとしてもだ。それも覚悟の上だ。貴様は、そんなことさえも忘れてしまったのか」

浮いていた家康の腰は、すぐ床に落ちた。

二十歳の己は背を向けて、家康から離れていく。

「儂は、このままの男で終わるつもりはない。もう人質の竹千代ではないのだ」

猛《たけ》る声だけが、家康のもとへと届いた。

病の苦しさはどこかへと消えたというのに、家康は腰を上げることができない。

二十歳の時、家康は今川家に鉾《ほこ》を向けた。

幸いにも人質の妻子は殺されることはなく、後に家康のもとに戻ってきた。が、当時植え付けた恐怖の根は深かった。それは家康への不信という溝《みぞ》に変わり、後に徳川家をふたつに割りかねない事態へと発展する。

「今、思えばだが」

ぽつりと言う。

「今川を裏切らぬという手もあったのではないか」

事実、家康の部下には元今川家の旗本が多くいる。岡部《おかべ》家や井伊《いい》家などの、元今川家家臣の大名も少なくない。彼らのように、強き者が出てくるまでひたすら待ち続け、大勢《たいせい》が決すればなびく。

そんな生き方もできたのではないか。

今となっては、遅すぎる後悔だ。

「竹千代、すまぬ」と、呟《つぶや》いた。

自身に謝ったのではない。今川に人質として送った嫡男に、言ったのだ。家康は、生まれたばかりの嫡男に竹千代と名付けていた。己と同じ幼名である。

思えば、それが唯一息子に与えた無私のものだった。

南蛮時計、9時55分を刻む。

チラリと南蛮時計を見た。どうやら、南蛮時計と目の前に現れる己の幻の年齢には、法則があるようだ。

家康は、素早く勘定《かんじょう》する。

南蛮時計の一時間が、約三年に相当するとわかった。ならば、十時が近い今は、三十歳か三十一歳の己が現れるはずだ。

家康の思案を妨げたのは、悪臭だった。

思わず顔を顰《しか》める。臭《にお》いは徐々に近づいてきて、嘔吐《えず》きそうにもなった。

目と口元に小皺を刻んだ己が姿を現した。戦塵《せんじん》に汚れた小具足《こぐそく》姿で、袴《はかま》の股《また》の部分が茶に変色している。鼻がもげるような臭気は、そこから発せられていた。

足をふらつかせながら、家康のもとへと近づいてくる。恐怖と怒りをその身で飼い馴らしかねているのか、目鼻口からありとあらゆる体液が滲《にじ》んでいた。

「無様なものだな。己の弱さも知らずに戦いを挑み、敗れたのか」

家康は、三十一歳の己に語りかけた。上洛《じょうらく》の大号令をかけた甲斐《かい》の武田信玄《たけだしんげん》と、家康は遠江国《とおとうみのくに》の三方原《みかたがはら》で戦った。そして大惨敗を喫する。あわや討ち死にという危機を、無様にも脱糞《だっぷん》しつつ逃《のが》れたことが、昨日のことのように思い出された。

「黙れ」

涙と鼻水の混じった唾《つば》を吐き散らし、三十一歳の己は叫ぶ。

「儂は弱くない。ろくな援軍を送らなんだ、織田弾正忠《だんじょうのちゅう》（信長）が悪いのじゃ」

悪臭と共に、歪めた顔を近づけてくる。

「いや、違う」

家康の声に、表情が岩のように硬化した。

「敗因は、織田の援軍の少なさではない。お主が、武田の挑発に乗ったことだ」

三十一歳の己の顔から血の気が引く。

武田軍はあろうことか、浜松城に籠《こも》る徳川家康を無視して素通りしようとしたのだ。今にして考えれば、挑発である。

若かった家康は、それに乗ってしまった。城を開けて打って出たところを、反転した武田軍に散々に打ち破られたのだ。汚物をまき散らし逃げることしか、家康にはできなかった。

「挑発に我を失ったのが、全ての敗因だ。なぜ、武田を素通りさせなんだ」

「ふざけるな」

殺気の滲む目で睨まれた。

「徳川家の棟梁《とうりょう》である己に、素通りする敵を見逃せというのか」

足を強く踏みならす。まるで、駄々をこねる童のようだ。

「そうか、そうだったな」

家康は嘆息と共に声を絞り出した。

「お主は、何としても戦わねばならなかったのだな」

家康の声に、向けられていた殺意の矛先《ほこさき》が鈍る。

「妻と子に、戦う姿を見せねばならなかった。思い出したぞ」

三十一歳の己は、とうとう視線を床に落とした。

成人し三郎信康《さぶろうのぶやす》と名乗っていた嫡男は、たくましい若武者に育っていた。父家康以上の勇者といわれ、多くの三河武士から慕われていた。居城の岡崎城をとって、岡崎衆と呼ばれる一派を築くほどだった。

もし武田勢の通過を許せば、武人としての家康の名声は地に落ちる。かわって上がるのが、嫡男の三郎信康の信望だ。

戦国の世に、父子相克《そうこく》の例はあまりに多い。武田を見逃すことで、あるいは徳川家もその轍《てつ》を踏むかもしれない。家康は、そう考えた。

人質だった嫡男を見捨てた過去がある家康にとっては、ある意味で武田軍よりも己の息子の方が怖かったのだ。

「黙れっ。わかったような口をきくな」

「いや、黙らぬ。なぜ、力を誇示することで、子を従わせようとした」

たたらを踏むように、三十一歳の己が後ずさった。

「なぜ、もっと子と、三郎と話をせなんだのじゃ」

「ううう」と呻《うめ》きつつ、未熟な己は中腰になる。そして、足を一歩二歩と下がらせた。まるで怯えた野良犬のような所作《しょさ》だ。

「待て」

家康が立ち上がると、背中を見せる。逃げるように駆けていく。

追おうとして、家康は足を止めた。

視界の隅《すみ》に、南蛮時計がある。置いていく気には、なぜかなれなかった。

チクタクと鳴る南蛮時計を両腕で抱え、闇へと歩いていく。汚物の臭いが、まだ微かに鼻をくすぐった。

南蛮時計、12時30分を刻む。

洞窟のように薄暗い廊下《ろうか》を、家康は歩いていく。床の軋みと、南蛮時計が時を刻む音だけが、不思議な旋律《せんりつ》で和する。

闇から浮かび上がるように、過去の己が姿を現し始めた。髪には何本か白いものが混じっている。目の下には、濃い隈《くま》もできていた。

何事かを、しきりに呟いている。

「仕方なかったのじゃ、仕方なかったのじゃ」

目の前にいるのは、三十八歳の己に違いない。

忘れもしない。家康は信長の命令で、妻と嫡男の三郎信康を処刑したのだ。

ふたりが武田家に内通したというのが理由だが、明らかに言いがかりだった。

長篠《ながしの》の合戦で武田家に壊滅的な打撃を与えてから、信長にとっては精強で忠勇な三河武士団を率いる徳川家こそが目障りな存在なのだ。

三十八歳の己は、頭を潰さんばかりに両手で強く挟みこんだ。

「許してくれ、許してくれ、築山《つきやま》よ」

家康の妻の名を、喉《のど》から絞り出した。

「許してくれ、三郎。許してくれ、竹千代よ」

己の幼名を与えた、嫡男の名を叫ぶ。

唾を飲み込み、一歩近づいた。

三十八歳の己は、ゆっくりと顔を上げる。目の下の隈は涙に濡れていた。

「教えてくれ」

家康に近づき、腰にしがみつく。

「儂はどうすればよかったのじゃ」

家康の体が凍りついた。

「なぜじゃ、どうして答えてくれんのだ」

家康の腰を揺さぶりつつ訊《き》く。

「誰か、教えてくれ。儂はどうすればよかったのじゃ」

家康の体から手を離し、髪を搔《か》きむしり始めた。白と黒の髪の毛が、何本も床に落ちる。最後はこめかみの毛を手で摑《つか》み、引きちぎる。音を立てて抜け落ちる髪を見て、家康はやっと言葉を吐き出せた。

「儂にもわからん」

もし、あの時、妻と子の処刑を拒んでいれば、三河の地は織田軍に蹂躙《じゅうりん》されていた。いかに精強とはいえ、織田の数の力には敵《かな》わない。己と部下を守るためには、妻と息子を見殺しにするしか方法はなかった。

「あれ以外、国を救う方法はなかったやもしれぬ」

惚《ほう》けた目を、三十八歳の己が向ける。

「では、儂が下した決断は間違っていなかったのか」

問いつめられて、家康は思わず視線を外《はず》した。

「ならば、正しいと言ってくれ。息子と妻を殺した、儂の決断は正しいと言えっ」

家康は激しい目眩《めまい》を感じた。

抱く南蛮時計も重みを増すかのようで、たまらずに片膝をつく。


南蛮時計、13時10分を刻む。


ゆっくりと頭を上げた。

丸い顔の輪郭は、薄らとついた脂肪で少し大きくなっていた。垂れた福耳は健在で、気のいい商人を思わせる。異様だったのは、粗末な百姓が着る単衣《ひとえ》に身をやつしていることだ。脂ぎった皮膚とは、明らかに異質である。

四十一歳の己だと、家康は悟った。この歳の六月二日、本能寺《ほんのうじ》の変が起きた。その数日後のことだろう。この時、堺《さかい》から京へと向かっていた家康は変装して危険な伊賀《いが》越えを選び、三河を目指していた。

「信長め」

かつての盟主の諱を、踏みつけるように口にした。本名を呼ぶ禁忌《きんき》を犯してなお、愉悦の表情を浮かべている。

「いい気味だ。明智《あけち》ごときに寝首を掻かれるとはな」

両の口角を限界まで吊り上げて、四十一歳の己は笑っていた。

荒々しく口元を腕で拭《ぬぐ》う。

「儂に、妻と子を処刑させた天罰だ。思い知れ」

叩きつけられた言葉には、家康の五体を砕くかのような憎悪《ぞうお》が込められていた。

「もう、儂は、誰からも何も奪われん。儂の大切なものを奪う者は、この世には存在せんぞ」

光でも浴びるように、両腕を水平に広げる。

「信長亡き今は、儂が天下人だ。明智を討ち、天下を儂のものにしてやる」

「それは違うぞ」

四十一歳の己の笑みが固まった。

家康を睨みつける。

「ふん、老人の妄言《もうげん》に誰が耳を貸すか。儂は三河に戻る。三河の地とその民の精強さは、百万石《ごく》に勝る宝であり、武器だ。駿河遠江の財もある。武田の遺臣も味方につけた。儂は天下人になってやる」

四十一歳の己が、荒々しい足取りで近づいてくる。

「どけ」

一喝されて、家康は従順に道を空《あ》けた。

闇に抱擁されるように消えていく己を、無言で見つめる。


南蛮時計、14時30分を刻む。


何かを舐《ねぶ》るような、あるいは食《は》むような、そんな音がする。赤子が指をしゃぶるのに似ているが、少し違った。

家康は、慎重に足を進める。

脂肪がたっぷりとついて二重顎になった己がいた。

口のところに親指を持ってきて、しきりに爪《つめ》を噛んでいる。

「どうしてだ。なぜ、儂が大坂へ行かねばならぬ」

削るように爪に歯を立てている。何回かは指の腹を噛んだようで、赤いものも流れていた。

「なぜ、敗者のように上方《かみがた》に頭を下げに行かねばならぬ。儂は一度たりとも負けておらぬのだぞ」

さらに激しく齧《かじ》り、爪が縦に割れた。

対峙《たいじ》するのは、四十五歳の己だ。明智光秀《みつひで》を討った羽柴《はしば》秀吉と、小牧長久手《こまきながくて》で鉾を交えた二年後の頃である。

羽柴勢は家康の何倍も多かったが、怖気は微塵《みじん》も感じなかった。精強な三河の民が駆けつけ、足軽雑兵《ぞうひょう》にいたるまで一騎当千の強者揃《つわものぞろ》いの軍勢になっていたからだ。

事実、連戦連勝で、信長時代からの宿老の森長可《もりながよし》、池田恒興《いけだつねおき》ら大名の首級を挙げた。にもかかわらず、盟主として担ぎ上げた信長の遺児・信雄《のぶかつ》が、勝手に秀吉と講和してしまう。

これにより、家康は戦《いくさ》の大義名分を失ってしまった。

「なぜ、儂が頭を下げねばならぬ。敗者は、あの猿面冠者《さるめんかじゃ》ではないか」

血が指先から滴《したた》ってもなお、爪を食み続ける。

「羽柴筑前《ちくぜん》に勝てぬのは、お主がよう知っておろう」

爪を嚙んでいた口が止まる。

「戦は力だけではないのだ。お主は、まだそんなこともわからんのか」

三白眼《さんぱくがん》で睨みつけてきた。垂れた福耳が、小刻みに蠢動《しゅんどう》している。

しばらく、ふたりで視線を交わらせ続けた。


南蛮時計、15時40分を刻む。


「なぜだっ」と、罵声が背後から襲ってきた。反射的に家康は振り返る。

眼前には、襖《ふすま》があった。

「どうしてなのだっ」

奥から響く声は、襖を揺らすほどだ。

先ほど四十五歳の己のいた場所には、もう人の気配はない。ただ暗闇が広がっているだけだ。

左腕で南蛮時計を抱き、右手でゆっくりと襖を開ける。

中にいたのは、四十九歳の己だ。ついた脂肪は若さを失い、顎や腹を醜く垂れ下げさせていた。

「なぜじゃ。猿めの走狗となって戦った儂が、なぜ三河を手放さねばならぬのじゃ」

顔を天に向けて絶叫していた。

四十九歳の頃、関東の北条《ほうじょう》家を討伐する軍が立ち上がる。総大将は、豊臣と改姓した天下人の秀吉だ。天下一と自負した小田原《おだわら》城に北条家は籠ったが、呆気《あっけ》なく投降してしまった。

戦後の論功行賞で、豊臣秀吉は恐るべきことを家康に言い放つ。徳川家を、北条家の旧領の関東へ移封するというのだ。

確かに、石高は前よりも上がる。しかし、かつての敵領である関東を治めるのは至難だ。何より、今まで育てた三河の地と民から切り離される痛手は、計り知れない。

「猿め、誰のおかげで天下人になれたと思っているのだ」

口端に白い泡を盛り上げつつ、四十九歳の己は罵《ののし》っている。

豊臣秀吉に一度も負けていないにも拘らず、家康はゆっくりと自滅に追いやられようとしていた。もし、関東で大きな一揆《いっき》が起これば、それを口実に秀吉は大減封を言い渡すだろう。

いや、悪くすれば九州肥後《ひご》の統治に失敗し切腹した、佐々成政《さっさなりまさ》の二の舞だ。

いつのまにか、四十九歳の家康が肩を大きく上下させていた。全力で走り続けたかのように、呼吸も荒い。怒り疲れたのか、両膝に手も置いている。

呼気の隙間から、声が聞こえてきた。

「そこまでして、儂を滅ぼしたいのか、猿め」

汗が滴り、床に落ちる。

一体、どれくらいの間、そうしていただろうか。

「いいだろう」

射すくめるような眼光を向けられる。

「ならば、儂は貴様よりも生き抜いてやる。そして貴様の子もろとも、豊臣の家を殺し尽くしてやる」

四十九歳の己がどんな表情をしているかは、陰になってわからない。ただ鉛色《なまりいろ》に光る眼球だけが、不気味に宙に浮いていた。

数度、瞬きをした後、眼球さえも消える。


南蛮時計、19時00分を刻む。


「やっと猿めが死におったわ」

また、背後から声がした。

家康が首を向けると、己がいる。目の下の長年の隈は黒ずみ、髪は灰色だ。顔には、しみが目立つようになっていた。五十九歳の徳川家康だ。

一昨年に豊臣秀吉は死に、関ヶ原の合戦に向かおうとする頃だ。

「もう、あの猿面を見ずにすむのだ。何という僥倖《ぎょうこう》であろうか」

弛緩《しかん》した頬を揺らして笑う。

「だが、これで終わりではないぞ」

ベロリと出した舌は、そこだけが青年のように瑞々《みずみず》しい肌色をしていた。別の生き物のように蠢《うごめ》き、老い枯れた唇を湿《しめ》らす。

「儂から大切なものを奪った復讐をしてやる」

皮がだぶつくようになった福耳を撫《な》でる。

「妻と子を殺した織田の血と、儂から三河を奪った豊臣の血を引く男を殺す」

秀吉の遺児で、「お拾《ひろ》い様」と呼ばれる豊臣秀頼のことだ。

「まずは石田治部《いしだじぶ》（三成《みつなり》）ら奉行衆だ。こうるさい番犬どもを殺して、その後にゆっくりとお拾い様と淀殿を殺してやる」

五十九歳、関ヶ原の合戦に挑む己が立ち上がる。

「織田の血を引く猿の子を嬲《なぶ》り殺しにして、復讐してやるのだ」

皺だらけの手が伸びてきて、家康は悲鳴を上げた。

背中を見せて、駆ける。

しかし、老体の足は思うようには動いてくれない。右足で左足を蹴り、たまらず両膝をついた。懐《ふところ》に抱いた南蛮時計を落とさないようにする余り、強くこめかみを打つ。

痛みが退《ひ》くのを待って、胸の中に視線を落とした。

抱いた南蛮時計が、鼓動するかのように時を刻んでいることに、安堵《あんど》した。

金色に輝く時計の表面が、家康の顔を映し出す。

髪は灰色ではなく真っ白だった。たるんだ皮膚が目を埋《う》めそうになっている。歯もところどころ欠けていた。福耳は萎《しぼ》み、枝についたまま朽ちた柿のようだ。

背後からは、いまだ己の哄笑《こうしょう》が聞こえてくる。

南蛮時計を地に置いて、家康は両手で頭を覆った。

「よせ。もう、いいだろう」

床に額《ひたい》をつけて、踞《うずくま》る。

笑いが去るまでの間を、ただただ忍び耐えた。

チクタク、チクタクという音を聞きつつ、時よ早く過ぎてくれと、懇願する。


南蛮時計、23時20分を刻む。


「いつまで、そうしているつもりじゃ」

降ってきた声に、家康は肩をびくつかせた。

真っ白い髪にしおれた福耳をぶら下げた老夫が立っている。先程、南蛮時計の表面に映った己の顔によく似ている。

違うのは、目だ。

吊り上がった目尻は、瞳を大きくぎらつかせている。皮膚がたるみきった今の家康と違い、腕や足にはしっかりと肉がついている。逞しい老武者が、そこにはいた。

「どうだ、我が顔と体を見よ。これが七十三の翁《おきな》に見えるか」

二年前の己が、家康を悠然と見下ろしていた。両手を床について、従者のように仰ぎ見ることしか家康にはできない。

無形の圧に、家康の頭は地にめり込みそうになった。力をこめて、こらえる。欠けた歯を必死に食いしばった。

「今から、お拾い様と淀殿を殺しにいく。あの母子に引導《いんどう》を渡す軍を発する」

二年前に起こった、大坂冬の陣のことだ。

震える腕を突っ張り、何とか頭を持ち上げる。その様子を見て、七十三歳の己が冷笑した。

「待ったぞ。関ヶ原から、十五年も待った。貴様なら、この十五年の意味がわかろう」

視界が歪んだ。わからぬはずがない。六歳で人質に出されて、二十歳で妻子を見捨て、今川家から独立するまでと同じ年月だ。

「奴らに味わわせてやったのだ。儂が虐《しいた》げられた十五年と、同じ年月をな。長かったぞ。今川家で人質として過ごした年月よりも、はるかに長く感じたぞ」

また舌を出して、唇を舐《な》める。さすがに以前のような鮮やかさはない。黒ずんだ赤紫色をしている。

「よせ、大坂を攻める必要などないのだ」

七十三歳の己の足元から、家康は声を必死に振り絞った。

己ほどの男ならば、軍を発する必要などはない。調略《ちょうりゃく》と外交で、十二分に豊臣家を無力にしうる。それがいかに容易《たやす》いかは、己自身がよく知っているではないか。

しかし、無形の圧はさらに増し、岩でも載せられたかのように体中の関節が軋んだ。

「攻めるな、だと。笑止だ。それを決断したのは、誰だ」

落とされた声は、踏ん張っていた家康の四肢から容赦なく力を奪う。冷たい床が、頬を圧迫した。顔だけでなく、胸や腹も地に伏す。眼球を動かすと、七十三歳の己の踵《かかと》が見えた。闇の奥深くへと、進んで行く。

老夫とは思えぬ、力強い足取りだった。

南蛮時計、23時30分を刻む。


悲鳴のような叫びが聞こえてきて、家康の上半身が持ち上がる。

「堀など埋めてしまえ」

己の声だと悟った。

満を持して軍を発した家康だったが、大坂冬の陣は豊臣方が優勢だった。そこで家康は一計を案じる。大量の大筒を天守閣に向けて、昼夜の別なく射《う》ち込んだのだ。轟く砲声に恐怖した淀殿は講和に応じ、その条件として大坂城の堀を埋めることに決まった。

ただし外堀だけで、最後の鎧ともいうべき内堀は残すと約定《やくじょう》した。

「全ての堀を埋めるのだ。外堀だけでなく、内堀もだ」

己の叫びに、家康の五体は震えた。

「約定だと。そんなものは、破るためにあるのだ」

目を瞑《つぶ》ると、己の前にひれ伏す諸将の様子が蘇《よみがえ》る。その中には前田《まえだ》、福島《ふくしま》、蜂須賀《はちすか》などの、豊臣恩顧《おんこ》の大名が多くいる。

「堀はお主らが埋めよ」

豊臣恩顧の大名たちの顔が歪んでいたのは、一瞬だけだった。我先にと普請《ふしん》をかってでて、家康に必死に媚《こ》びへつらう。

「内堀を埋めて、お拾い様と淀殿のいる大坂城を丸裸にしてやれ」

その声が発せられたのは、闇の向こう側ではなかった。己の奥底からだ。滴るような自身の殺意に、思わず家康は瞼を上げた。

真っ暗な駿府城内に戻る。

呼吸を整えてから、立ち上がった。

足元から、チクタク、チクタクと音がする。

両手で南蛮時計を持ち、歩みを進めた。


南蛮時計、23時40分を刻む。


ずっと暗闇は続いていた。

「お拾い様と淀殿を焼け」

轟いた声に、思わず足を止める。

「焼き殺せ。儂にたてつく織田と豊臣の血を根絶やしにしろ」

下がりそうになる足を必死に自制する。

「いや、それだけでは足りぬ」

叫びが、家康の中心を矢尻《やじり》のように貫いた。

「大坂の民も殺せ。太閤《たいこう》家を慕い城に籠った民全てを殺し、町を焼くのだ」

あまりに醜悪な声に、家康は両手で耳を塞《ふさ》いだ。

拍子《ひょうし》に、南蛮時計が落下する。それは足元の闇に沈み、奈落へと吸いこまれるように小さくなっていく。

やがて完全に見えなくなった時、過去の己の叫びも途絶えた。

ゆっくりと闇が薄まっていく。

襖が目の前に屹立《きつりつ》している。

そろりそろりと手をやり、音を立てぬように襖を開く。畳敷きの広い寝室には、一本の燭台が頼りない灯りを点していた。錦布団があり、ひとりの老夫が寝ている。枕元には、金色に輝く南蛮時計があった。


チクタク、チクタク。

チクタク、チクタク。

何事もなかったかのように、時を律儀《りちぎ》に刻み続けている。

足音を立てぬように中へと入り、南蛮時計の文字盤を見た。

南蛮時計、23時59分を刻む。

七十五歳の家康が、七十五歳の己を見下ろしている。垂れた瞼は目を塞ぐかのようで、筋肉の落ちた体はあちこちの皮膚がだらしなく弛緩しているのがわかった。指を使えば、蜜柑《みかん》を剝《む》くように、皮膚を剝いてしまえそうだ。

弱々しい息は、南蛮時計の音が邪魔でほとんど聞こえない。

膝をついて、手をやった。七十五歳の己の体を触って診《み》た。胃の部分に、大きなしこりができている。少し圧を加えただけで、苦しげな声が漏れる。

息の合間に、家康は唇を戦慄かせていた。何事かを伝えるために、言葉を発しようとしている。

体を折り曲げて、耳を近づけたが聞こえない。

顔を引き剝がしてもなお、病床の家康は唇を動かし続けている。必死に何度も。

まるで念仏でも唱えるかのように。

視界の隅にある南蛮時計の長短ふたつの針が、『Ⅻ』という文字を差そうとしている。この南蛮時計が、己自身の一生を一日として見せているのだと理解した。

そして、その一日が終わろうとしている。

つまり、己の寿命が尽きるのだ。

自身を見下ろして、「長かった」と呟いた。

「よくぞ、あの長い一生を生き抜いた」と、声をかけてやる。

今川義元、織田信長、豊臣秀吉、天下人に苦しめられ続けた一生であった。

ふと、織田信長が愛した『敦盛《あつもり》』という幸若舞《こうわかまい》の一節を思い出す。

――人間《じんかん》五十年、下天《げてん》の内をくらぶれば夢まぼろしのごとくなり。

人間世界の五十年が一日にあたる下天の神から見れば、家康の一生など一日半にすぎない。

いや、応仁《おうにん》の乱から続いた乱世自体も、二百年が一日にあたる夜摩天《やまてん》の神々にとっては一日に満たないし、千六百年が人間界の一日である他化自在天《たけじざいてん》の神々にとっては、一刻よりも短い。

目を下にやる。餌《えさ》をねだる鯉《こい》のように、病床の家康は必死に言葉を紡ごうとしている。

「もう、戦わんでもよいのじゃ、竹千代」

病床で寝る己を、かつての幼名で呼ぶ。

耳に届いたのか、唇が大きく震え出した。

「お、おおぅう」

苦悶とも喜悦ともとれる嗚咽《おえつ》を上げる。

家康が最期に何を言い残したいか、理解することができた。

「儂は、お主を許してやることはできぬ。お主が許しを乞うているのは、儂ではないだろう」

亡き妻や嫡男、そして騙《だま》し殺した全ての者に許しを乞うているのだ。

「儂には許すことはできん。ただ、よう頑張ったと、労《ねぎら》ってやることしかできん」

唇を一旦、固く閉じた。

しばらく黙考して、また口を開ける。

「やはり、無理だ。儂は……、お主を許してやることはできん。すまぬ、許してくれ」

最後の言葉は、病床の己に向けたものだったのだろうか。それとも、見殺しにした妻や子へのものだったのだろうか。

あるいは、殺した全ての敵に対してのものだったかもしれない。

どれが正しいかは、自身でも判じることはできない。

錦布団をどけ、皮膚がたるむ細い腕をとった。指を手首にやり、脈を読む。

チクタク、チクタクと、時を刻む南蛮時計と拍子を合わせるような脈は、徐々に遅くなり弱まっていく。上下していた喉の動きも緩慢《かんまん》になっている。

指の腹を押し返すようだった脈は、極限まで弱々しくなった。もう限界だと、悲鳴を上げるかのように聞こえる。

家康は、己の手首を解放した。

掌を動かして己の顔へとやる。

瞼を、ゆっくりと閉ざす。

その瞬間、南蛮時計は最後の時を刻む。

長短ふたつの針が『Ⅻ』を差して、重なった。

元和《げんな》二年四月十七日、巳の刻。
徳川家康の死をもって、応仁の乱以来百五十年続いた乱世は終幕した。

解説

細谷正充

二〇二三年のNHK大河ドラマは、徳川家康を主人公にした『どうする家康』である。ただし家康が扱われるのは、これが最初ではない。一九八三年に、山岡荘八《やまおかそうはち》の『徳川家康』を原作にした『徳川家康』が、滝田栄《たきたさかえ》主演で放送されている。また、二〇〇〇年の、ジェームス三木《みき》オリジナル脚本の『葵《あおい》 徳川三代』では、津川雅彦《つがわまさひこ》演じる家康が主役のひとりであった。『どうする家康』は、古沢良太《こさわりようた》のオリジナル脚本、家康を演じるのが松本潤《まつもとじゆん》ということが分かっているが、どのような内容になるのかはまだ不明である。タイトルから見て、現代の視聴者にアピールする家康像が描かれるのだろう。大いに期待したいところである。

さて、ここから小説の方に目を向けよう。小説の家康といえば、まず先にも触れた、山岡荘八の『徳川家康』である。全二十六巻の大長篇であり、家康の生涯を余すところなく描き切ったベストセラーにしてロングセラーだ。ただし、この作品が決定版になってしまい、その後、家康を主人公とした作品があまり生まれなくなる。

個人的なイメージになるが、状況が変わるのは、昭和末に隆慶一郎《りゅうけいいちろう》の『影武者徳川家康』が登場してからのこと。以後、高橋直樹《たかはしなおき》の『若獅子家康』、羽太雄平《はたゆうへい》の『二河白道《にがびやくどう》 智臣 本多正信伝』、荒山徹《あらやまとおる》の『徳川家康《トクチョンカガン》』、宮本昌孝《みやもとまさたか》の『家康、死す』、岩井三四二《いわいみよじ》の『あるじは家康』、門井慶喜《かどいよしのぶ》の『家康、江戸を建てる』、安部《あべ》龍《りゅう》太郎《たろう》の『家康』、大塚卓嗣《おおつかたくじ》の『傾城《けいせい》 徳川家康』など、家康とその周囲の人々を独自の視点で捉《とら》えた作品が上梓《じょうし》されるようになったのである。

本書『家康がゆく』は、その家康と周囲の人々を題材にした歴史短篇小説をまとめたアンソロジーだ。六人の作家が紡《つむ》いだ物語を堪能《たんのう》していただきたい。

「薬研次郎三郎《やげんじろさぶろう》」宮本昌孝

家康が自ら薬研を引いていたことは、よく知られている。いまなら調薬オタクと呼ばれたのではないか。この点に注目したのが本作である。まだ今川家で人質生活をおくっていた十五歳の家康は、一時帰国した三河《みかわ》の松平領《まつだいらりょう》で、家臣団の貧窮《ひんきゅう》極まる暮らしを実感した。人質の身にできることがないと嘆く家康が、家臣からいわれたのが「死なぬこと」であった。これにより強く「生きたい」と思うようになった家康は、山科言継《やましなときつぐ》から薬方《やくほう》を学ぶ。

本作は家康が事実上、人質生活に終止符を打つまでの数年間が扱われている。初《うい》陣《じん》や桶狭間《おけはざま》の戦いなど、さまざまなエピソードと並行して、家康の調薬オタクぶりがユーモアを湛《たた》えて描かれているのだ。……と思ったら、終盤の展開にドキリとさせられる。緩急自在《かんきゆうじざい》な筆致で、家康が天下人《てんかびと》に至る道程の始まりを見つめた秀作だ。

なお本作は、さまざまな戦国武将の初陣を題材にした短篇集『武者始め』から採った。他の作品も面白《おもしろ》いので、本作を気に入った人は、そちらにも手を伸ばしていただきたい。

「大名形《なり》」武川 佑

本作は書き下ろし作品である。担当から、「武川さんに書いてもらいます」と聞いて、どんな話なのかと期待していたが、まさか具足師《ぐそくし》が主人公だとは思いもよらなかった。しかも彼の視点で描かれているのが、武田信玄《たけだしんげん》の軍と、家康・信長の連合軍が激突した、三方ヶ原《みかたがはら》の戦いだ。家康が手厳しい敗北を喫《きっ》しており、生涯の三大危機のひとつといわれている。

春田《はるた》流の具足師・春田光貞《みつさだ》は、作った具足を身に着《つ》けた今川義元が桶狭間の戦いで死んだことで悪い噂《うわさ》を立てられ、いまは細々と仕事をしている。そんな光貞に家康が、自分の具足の「写し」を依頼した。これを引き受けた光貞だが、出来上がった具足に、何かが違うと感じていた。

光貞の感じた違和感の原因は何か。三方ヶ原の戦いで接した、敵方の山県昌景《やまがたまさかげ》や、家康の言葉によって彼は、戦国武将の具足の持つ意味を理解していく。併《あわ》せて、三河の一領主から、三河・遠江《とおとうみ》の二ヶ国を治める大名になった家康の、新たな肖像も露《あら》わになっていく。具足師の眼で、伸張し、変化していく家康を捉えた、読みごたえのある作品だ。

「伊賀越え」　新田次郎

武田家の家臣だった穴山梅雪《あなやまばいせつ》（信君《のぶただ》）は、信玄と勝頼《かつより》に仕えたが、織田軍の甲《こう》州《しゅう》征伐が始まると、家康の誘いに乗って織田方に寝返った。しかし家康に随行《ずいこう》して上洛《じょうらく》したとき、本能寺の変が起こる。伊賀を抜けて三河に戻ろうとする家康一行と行動を共にした梅雪だが、途中で郷士に襲われ殺された（このときの梅雪の行動や死因には諸説あり）。

という経歴から、あまり評判のよくない梅雪だが、本作の彼は一味も二味も違う。いち早く信長の死を知った彼は、家康の隔意《かくい》ある態度から、自分が邪魔者になり始末《しまつ》されることを察知。伊賀越えの最中に、逆に家康を殺そうとするのである。信長の死は秀吉だけでなく、家康にとっても大きく飛躍するチャンスだった。しかし梅雪の存在が、それを阻《はば》んだ。家康生涯の三大危難のひとつである伊賀越えを題材にしながら、これほど格好いい梅雪の雄姿がみられるとは！　武田家大好きな新田次郎だから書けた作品なのである。

「山師」松本清張

戦国時代はその名のとおり、戦《いくさ》の時代であった。そして戦ほど金のかかるものはない。天下を握ろうとする家康も、金策に頭を悩ませていた。そこに現れたのが、猿楽《さるがく》役者の大蔵藤十郎《おおくらとうじゆうろう》だ。後の大久保長安《おおくぼながやす》である。金銀を採掘する山師に興味を抱き、いつの間にか知識を得ていた長安。家康に見いだされ、山師の腕を縦横にふるい、やがて徳川家の金蔵となるのだった。

作者は物語の前半で、長安の金鉱採掘の方法を克明に描いている。技術的なことを興味深く読ませる手腕《しゅわん》が素晴らしい。だが本作の眼目は後半だ。どこまでも金を求める家康と、それに応《こた》える長安。彼らの歯車は、上手《うま》く噛み合っていた。しかし、岡本大八《おかもとだいはち》事件で終始狼狽《ろうばい》する本多正純《ほんだまさずみ》の姿を見て、あらためて長安は自分を顧《かえり》みる。すると家康という、たったひとりの人間に命も人生も支配された、息苦しい人生が見えてくるのだ。こうした長安の心の在り様と、間接的に炙《あぶ》り出される家康像が興味深い。人の心の暗い部分を、巧《たく》みに抽出《ちゅうしゅつ》する作者らしい逸品である。

「人を致して」伊東 潤

天下分け目といわれた関ヶ原《せきがはら》の戦いは、東軍《とうぐん》の大将の家康と、西軍《せいぐん》の実質的な指導者である石田三成《いしだみつなり》による出来レースだった。この突拍子もないアイデアを使った作品は幾つかあるが、その中でも本作は優れたものといっていい。三成から持ちかけられた計画を受け入れた家康の視点で、関ヶ原に至るまでの経緯《いきさつ》と、戦いが終わるまでが綴《つづ》られていく。表面的には、よく知っている史実そのままだ。しかし家康は、薄氷《はくひょう》を踏むような思いを味わい続ける。関ヶ原の前哨戦《ぜんしょうせん》ともいうべき伏見《ふしみ》城の戦いで、いきなり計画が狂いかけるなど、読んでいるこちらもドキドキハラハラ。熟知《じゅくち》しているはずの関ヶ原の戦いを、新鮮な気持ちで楽しんでしまった。

さらに、孫子《そんし》の教えにある「人を致して人に致《いた》されず」が、家康の人生と心情を語っている。幼い頃から〝人に致されて〟きた家康は、関ヶ原の戦いに勝利することで、ようやく人を致す側となるのである。ぶっ飛んだ内容でありながら、家康が天下人になった瞬間を的確に捉えた作品になっているのだ。

「さいごの一日」木下昌輝

ラストに置く作品として、戦国武将たちの最期《さいご》の一日を描いた木下昌輝の短篇集『戦国十二刻 終わりのとき』から本作を選んだ。長い坂道を登り続けた家康は、死の間際《まぎわ》に何を思ったのか。作者は、南蛮《なんばん》時計の時刻が進むにつれて、次々と現れる過去の自分と家康を対面させる。某《ぼう》作品で、歴史上の人物を時間ループさせたり、ドッペルゲンガーと対決させた作者らしい趣向といっていい。

ただし奇を衒《てら》っただけの作品ではない。三歳のときから始まり、己《おのれ》と対面し続ける家康は、否応《いやおう》なく過去の自分を振り返ることになる。そこで積み重なった恨《うら》みつらみが、大坂の陣へと繋がっていくという展開は、説得力があった。死の床《とこ》にある家康は、そんな過去の自分を悔《く》やむが、だからといって起きてしまったことは変えられない。作者は家康を冷徹に見つめながら、それでも一生懸命に生きたことを認めるのである。特異な手法で家康の人生を包括《ほうかつ》し、天下人の人間性を表現してのけた名作なのだ。

以上六篇、要所要所を押さえながら、徳川家康の生涯を俯瞰《ふかん》できるようにしたつもりである。ただし家康の人生は本当に長く、注目すべきエピソードは、まだまだ山ほどある。本書を足掛かりにして、冒頭に挙げた諸作、そしてこれから書かれるであろう家康物語を読んでいただけるなら、こんなに嬉《うれ》しいことはないのである。

（文芸評論家）

出典

「薬研次郎三郎《やげんじろさぶろう》」（宮本昌孝『武者始め』所収 祥伝社文庫）
「大名形《なり》」（武川 佑 書き下ろし）
「伊賀越え」（新田次郎『六合目の仇討』所収 新潮文庫）
「山師」（松本清張『松本清張短編全集02 青のある断層』所収 光文社文庫）
「人を致して」（伊東 潤『決戦！関ヶ原』所収 講談社文庫）
「さいごの一日」（木下昌輝『戦国十二刻 終わりのとき』所収 光文社文庫）

伊東 潤（いとう　じゅん）

1960年、神奈川県横浜市生まれ。早稲田大学社会科学部卒業。2011年、『黒南風の海』で第1回本屋が選ぶ時代小説大賞、13年、『国を蹴った男』で第34回吉川英治文学新人賞、『義烈千秋 天狗党西へ』で第2回歴史時代作家クラブ賞作品賞、『巨鯨の海』で第4回山田風太郎賞、14年、『峠越え』で第20回中山義秀文学賞を受賞。著書に、『武士の碑』『威風堂々』『夜叉の都』などがある。

木下昌輝（きのした　まさき）

1974年、奈良県生まれ。近畿大学理工学部建築学科卒業。2012年、「宇喜多の捨て嫁」で第92回オール讀物新人賞、15年、前記受賞作を含む単行本『宇喜多の捨て嫁』で第4回歴史時代作家クラブ賞新人賞、第9回舟橋聖一文学賞、20年、『まむし三代記』で第9回日本歴史時代作家協会賞作品賞、第26回中山義秀文学賞を受賞。著書に、『応仁悪童伝』『戀童夢幻』『戦国十二刻 始まりのとき』などがある。

編者紹介

細谷正充（ほそや　まさみつ）

文芸評論家。1963年、埼玉県生まれ。時代小説、ミステリーなどのエンターテインメントを対象に、評論・執筆に携わる。主な著書・編著書に、『歴史・時代小説の快楽 読まなきゃ死ねない全100作ガイド』、「時代小説傑作選」シリーズなどがある。

著者紹介

宮本昌孝（みやもと　まさたか）

1955年、静岡県浜松市生まれ。日本大学芸術学部卒業後、手塚プロダクションを経て執筆活動に入る。95年、『剣豪将軍義輝』で一躍脚光を浴びる。2015年、『乱丸』で第4回歴史時代作家クラブ賞作品賞を受賞。主な著書に、『風魔』『ふたり道三』『天離り果つる国』『武商諜人』などがある。

武川 佑（たけかわ　ゆう）

1981年、神奈川県生まれ。立教大学文学研究科博士課程前期課程（ドイツ文学専攻）修了。書店員、専門紙記者を経て、2016年、「鬼惑い」で第1回決戦！小説大賞奨励賞、18年、『虎の牙』で第7回歴史時代作家クラブ賞新人賞、21年、『千里をゆけ』で第10回日本歴史時代作家協会賞作品賞を受賞。著書に『落梅の賦』『かすてぼうろ』などがある。

新田次郎（にった　じろう）

1912年、長野県生まれ。無線電信講習所卒業。中央気象台に就職、66年まで勤務。56年、『強力伝』で第34回直木賞、74年、『武田信玄』ならびに一連の山岳小説で第8回吉川英治文学賞を受賞。『八甲田山死の彷徨』はミリオンセラーとなった。80年、逝去。

松本清張（まつもと　せいちょう）

1909年、福岡県生まれ。給仕、印刷工などを経て朝日新聞社西部本社に入社。53年、「或る『小倉日記』伝」で第28回芥川賞を受賞。56年に朝日新聞社を退社。58年に刊行された『点と線』は、空前の松本清張ブームを巻き起こした。67年、第1回吉川英治文学賞。70年、第18回菊池寛賞を受賞。他の代表作に『ゼロの焦点』『砂の器』などがある。92年、逝去。

本書は、ＰＨＰ文芸文庫のオリジナル編集です。

本文中、現在は不適切と思われる表現がありますが、差別的な意図を持って書かれたものではないこと、また作品が歴史的時代を舞台にしていることを鑑み、原文のまま掲載したことをお断りいたします。なお、収録にあたり、振り仮名を増やしています。

PHP文芸文庫　家康がゆく
歴史小説傑作選

2022年7月20日　第1版第1刷

著　者　宮本昌孝　武川　佑
新田次郎　松本清張
伊東　潤　木下昌輝
編　者　細　谷　正　充
発行者　永　田　貴　之
発行所　株式会社ＰＨＰ研究所
東京本部　〒135-8137 江東区豊洲5-6-52
第三制作部　☎03-3520-9620(編集)
普及部　☎03-3520-9630(販売)
京都本部　〒601-8411 京都市南区西九条北ノ内町11
PHP INTERFACE　https://www.php.co.jp/

組　版　朝日メディアインターナショナル株式会社
印刷所　図書印刷株式会社
製本所　東京美術紙工協業組合

ISBN978-4-569-90225-8

PHP文芸文庫

本屋が選ぶ時代小説大賞2011受賞作品

黒南風《くろはえ》の海

「文禄・慶長の役」異聞

伊東潤 著

日本と朝鮮――敵として出会った二人の人生が交錯した時、熱きドラマが！　気鋭の歴史作家が、文禄・慶長の役を真正面から描いた力作。

PHP文芸文庫

墨龍賦《ぼくりゅうふ》

葉室　麟　著

建仁寺の「雲龍図」を描いた男・海北友松。武士の子として、滅んだ実家の再興を夢見つつ、絵師として名を馳せた生涯を描く歴史長篇。

PHP文芸文庫

レオン氏郷《うじさと》

安部龍太郎 著

織田信長から惚れこまれ、豊臣秀吉からは文武に秀でた器量を畏れられた蒲生氏郷。その波瀾に満ちた生涯を、骨太な筆致で描いた力作。